西洋画框
中国心

贾建京 著
jiajianjing zhu

一个内地记者眼中的 香港

当代世界出版社
THE CONTEMPORARY WORLD PRESS

图书在版编目（CIP）数据

西洋画框中国心：一个内地记者眼中的香港 / 贾建京著. —北京：当代世界出版社，2018.2
ISBN 978-7-5090-1335-9

Ⅰ.①西… Ⅱ.①贾… Ⅲ.①博客—随笔—作品集—中国—当代 Ⅳ.①I267

中国版本图书馆CIP数据核字（2018）第013479号

书　　　名	西洋画框中国心：一个内地记者眼中的香港
出版发行	当代世界出版社
地　　　址	北京市复兴路4号（100860）
网　　　址	http://www.worldpress.org.cn
编务电话：	（010）83908456
发行电话：	（010）83908409
	（010）83908455
	（010）83908377
	（010）83908423（邮购）
	（010）83908410（传真）
经　　　销	全国新华书店
印　　　刷	北京盛彩捷印刷有限公司
开　　　本	880毫米×1230毫米　1/32
印　　　张	9.5
字　　　数	216千字
版　　　次	2018年3月第1版
印　　　次	2018年3月第1次
书　　　号	ISBN 978-7-5090-1335-9
定　　　价	52.00元

如发现印装质量问题，请与承印厂联系调换。
版权所有，翻印必究；未经许可，不得转载！

目 录
CONTENTS

[序言　有温度的第三只眼睛]

[自序]

人在香港　001-248

岛外闲话　249-297

有温度的第三只眼睛

贾建京先生不是那种趋炎附势、随波逐流、人云亦云的人。他的能力、他的职业，尤其是他的坚持，还有那份源自心底的虔诚和敬畏，使得他的言行与众不同。所以，就有了这本《西洋镜框中国心》。他是在用有温度的第三只眼睛看香港，客观、冷静、坦诚。书中既有大事也有小情，还有"忽闻""暗问"，更有"闲度"。因此说，本书是了解香港特定时期的一份"快餐"读本。

之所以称之为"快餐"，是因为贾先生的文章篇幅精致，图文并茂，不及半盏茶的工夫，就可有滋有味地"饱餐"几篇，既"可口"，又见微知著。透过贾先生的文章和摄影作品，我们看到了特定时期下的香港唯一且不可复制的一些人物、场景、事件，乃至喧嚣与骚动，还有一种还原的力量和持久的渴望。有的文章看似寻常平淡，实则有情有义，有的开门见山，有的娓娓道来，有的戛然长鸣。或文或图，有如散落的珠子，或大或小、或明或暗、或五光十色，没有粉饰和镶嵌，一切都是自然的，充满着真性情！有的人是在用技巧表达或是讲究表达技巧，有的人是让亲历和思想一起升华并融合在一起。贾先生属于后者。

《西洋镜框中国心》是有温度的。贾先生说："做驻外记者的

序言

保险绳可不是系在腰间的,而是系在心间的。"无论是在境内还是在境外,他一如既往,执着、坚守,责任感在经常,使命感在日常,不矫揉造作,有个性地活着、行走着。摄像机既是他的笔,又是有温度的第三只眼睛。透过这只眼睛,我们看到了"鲜为人知的香港""千奇百怪的香港""独具特色的香港""让国旗插遍香港的人""咖啡飘香的香港""形形色色的香港""畅通无阻的香港""值得骄傲的香港",还有璀璨烟火映照的香江……

透过这只眼睛我们看到,香港的大人物并不是高高在上,平凡市民更是呼之欲出,一草一木、一景一物、一缕海风都是那么鲜活和生动。贾先生说:"在香港感受不同,就要换个角度看香港,多一份对香港的了解,对香港的看法也就更加客观。"其实,《西洋镜框中国心》只是贾先生在香港工作和生活期间的一个缩影,不一样的香港注定与贾先生不离不弃。

缪金华

2017年12月2日

Preface

2006年底至2010年初，我在香港生活了三年零一个月。在这段时间里，我经历了香港特首选举、香港回归十周年、香港奥运马术比赛、H1N1流感、奥运冠军访港等历史事件。

由于工作的需要，这些重要的历史时刻，我不仅与所有的香港人一同感受过，而且还以一个内地央媒记者的身份，身临其境最大限度地参与其中，一些体验是唯一的、独家的、无法复制的：比如采访电影明星成龙，就是借由奥运马术比赛的契机促成的；而在去离岛的船上偶遇发哥，则完全是机缘巧合，运气使然。

香港是特区，有自己的司法体系和政治体系，所以与内地有很大的差别。港人的言谈举止、思维方式都与内地人有所区别，所以，除了一些名人外，我还关注了很多香港的普通人，当然也包括他们的生存环境。虽然央视从二十个世纪九十年代就有驻港记者，但到目前为止，还没有人将个人博客、见闻编辑出版，所以这部书一定别具意义。

书中文章均为当初在央视博客中发表过的作品，许是因为这些文章的生动性和纪实性，我亦凭此连续三年获得"央视十大名

自序

博主"的称号。本来出书毫无必要，碰巧央视博客在2017年年初突然关闭，因担心这些曾经的历史片断无法留存，便萌生了出版念头。

这里要特别鸣谢钟定嘉老先生，他是我在香港最好的朋友，马友加忘年之交。另外，还要感谢邓永康先生，百忙之中对文稿进行校对及设计，付出艰辛劳作。在他们热心的帮助下，这本书得以顺利付梓。再次感谢！

贾建京

2017年12月15日

人在香港

/西/洋/画/框/中/国/心/

2006/11/11
客气的香港人

  日常生活中，香港人非常客气，从生活口语到正式演讲，都有一套完整的表达方式。这些表达方式有些是独特方言，有些是地方习惯用语。对于这些表达方式，人们早就习以为常，一代代传承不止，历久弥新。

  如港人平时总把"唔该""唔该"挂在嘴边。普通话中并无该词，亦无完全对应的翻译，可理解为"谢谢"或"劳驾"。当别人帮你开了门，你要说"唔该"；请别人让路，也可以喊"唔该"；甚至餐厅里招呼服务员，也可用到这词。无论在大型超市，还是普通街市，只要买了人家的东西，店家一定要说声"唔该"。他们认为顾客来店惠顾，就是对他们的帮衬，要予以感谢，即便你买的东西很少，很不起眼，也没关系，重要的是——你来了。一声"唔该"叫得人心里暖洋洋的，并无半点功利之感，完全是一种礼仪。可贵的是，香港人从没有嫌它麻烦，所以也从不省略。

  在香港，若遇正式场合的演讲，一定要先说"尊敬的××、××"。从地位的高低或官职的大小依次排列，不能混乱，否则被视为大不敬。这些规矩还只是语言上的，日常生活中，港人的行为给人的感觉也特别客气。社交场合中，主办方必须赠送纪念品给与会人员。若是普通人相识，则一定少不了喝顿早茶，或吃顿夜宵。有时夜宵的时间可晚至夜里十二点，往往令内地来的朋友意想不到。

我在长洲见过一个异常客气的香港长者。他负责管理某单位别墅，少不了迎来送往，招呼客人。别墅在半山腰，出来进去很不方便，一般步行到码头来回要四十多分钟。但他每次都不厌其烦，坚持送客人下山，直至码头。那次，我们一行回去，他又坚持送我们下山。到码头后，我们劝其返回，对方还是不走，一直陪我们等了二十分钟轮渡。船进港后，我们以为这回他要回了，没想到，他又坚持陪我们走进船舱。船就要开了，几经辞让，他才反复叮嘱，依依不舍地慢慢离去，弄得我们感动不已。

据说，服务业是香港的金字招牌。我以为，这一方面得益于良好的商业运营环境，另一方面也得益于香港规范的西方管理文化，但谁都不能否认，其真正的灵魂还是来自中华民族的血脉，来自中华民族的传统美德。如果说广东话最接近中国古汉语的发音方式，那么，这些凝聚在古老文言中的精神特质，多少还在为我们当今的国人折射出文明古国、礼仪之邦的风采。

2006/12/30
夜临香港

经过三个多月的紧张准备，作为2006年的赴港记者，我终于出发了。2006年12月27日晚上20:30，飞机准时到达香港。

香港的机场路虽然不是很宽，但车辆不多，而且光照很好，所以视线非常清晰。收费站没有人，经过站点时，开车的老马穿堂而过，吓了我一跳，以为他忘了缴费。后来才知道，香港的过路费是提前买卡缴费，各个站点都有监视器自动识别车牌号，自动放行，所以做到了无障碍通行，通行效率很高。

走着走着，突然，眼前一片灯火通明，我以为进了市区，仔细观望，原来是个码头。走近一看，码头上移动吊车纵横交错，层层叠进，错落有序。吊杆上布满照明灯，与水面的倒影交相辉映，蔚为壮观，煞是好看，把普普通通的工业码头装扮得像一个繁华的闹市区。

四十分钟后，终于进了市区，车窗外更是眼花缭乱，时而是商业大厦霓虹闪烁的灯光，时而是儿童乐园七彩绚丽的摩天轮，城市夜景满溢了喧闹和华丽的气息。街区里，古老的有轨电车和新潮前卫的高级轿车相互争道，枯藤老树的垂柳与圣诞树上的彩灯相辅相成，又有高楼大厦和小巷幽径自眼前掠过，可谓气象万千，扑朔迷

离，使人宛若置身于童话世界。

第二天醒来，俯瞰四下，才发现眼前180度角全是高楼。香港的广厦有个特点——瘦高，俗称"瘦楼"，像烟筒一样挺拔。我所住的公寓就是一栋每层两户高达二十八层的"瘦楼"。"瘦楼"的优点是省地儿。香港可持续发展的空间有限，所以地价很高，只有在有限的面积内创造最大空间才能满足开发商的需要，"瘦楼"应运而生。此楼也有缺点，那就是挡光。记得以前去过内地一个旅游景区，内有一峡谷，俗称"落帽沟"，意思是只要你抬头望顶，帽子必掉，以此形容此沟的深度。在我看来，整个香港就是一个巨大的落帽沟，不管身处何处，抬头望去，都是高耸入云的大厦，偶有一片云彩从楼顶飘过，在玻璃墙面留下一幅移动的云景，赶上阳光正好路过，一个太阳的倒影耀眼眩目，晃得你睁不开眼。

这，就是香港。

2007/01/04
循规蹈矩的香港人

早晨醒来,发现窗外淅淅沥沥地下起小雨,感觉很是新鲜。我来自北方,从未在一月见过雨景。天气预报说昨夜北京的气温是零下九度,而此时,我于窗前望着被雨水打湿的多彩楼宇,看着远山葱郁的绿树间袅袅升起的暮霭,有一种时空倒错的感觉。

来香港已经五天了,每天都在感受着这个亚洲四小龙的气息,如果说第一天的印象尚属肤浅,那么,几天来亲身接触香港的种种,让我萌生了一些新的思考。

给我感触最深的应是香港公务员的管理水平和办事效率。来港工作人员均须办理临时身份证,所以到港翌日,我们就赶往签证大楼,却被告之当天的号码已经发放完毕。次日早上八点,我们又匆忙赶来,眼前的景象令我们瞠目结舌,整个二楼有好几百人被几根警戒带整齐地划定在一个方阵里,每两行中间有一根隔离带子。所有人都耐心站在那里静候。几个保安站在四周,轻松地疏导和维持秩序,没有人大声喧哗,这对于我这个刚刚从内地来的人来说,非常震撼。

终于拿到号码,我又开始站在八楼的队伍里焦急地等待着。队伍很长,弯弯曲曲地在楼道里拐了好几个弯,我心想:如此长龙,何时才能轮到自己？思忖间，几个公务员过来告诉我可以坐到一边的椅子上等候，十点钟再来。我准点回来，果然赶上办理手续。香港的公务人员礼貌客气，一丝不苟，严格地一对一服务，不会回答其他人的任何问题，如有人上前询问，他们也会礼貌地令其排队等候，当然，也看不到有人违规插队，所以效率很高。办完手续，已是上午十一点多了，但我们并未感觉很累，整个过程虽然漫长，但井然的秩序和平静的氛围使人忘记了时间的流逝。

来港的第二个感受是这里的族群很"杂"，可以说各色人种，一应俱全。北京也有不少外国人，不管其如何在举手投足间入乡随俗，但一看神态就知道他们不是本地人，难怪得了"老外"的别号，现在想来，这词儿真是神来之笔。但香港的"老外"可不一样，不管何种肤色，一律神情自若，与当地人无异，无论从事的工作高低贵贱，一脸的温、良、恭、让，颇有主人翁精神。显然，他们已经在精神上融入了这个国际大都市。香港确是个国际大熔炉，所言不虚。

说到公交车，应该是最令人惊叹的。北京好多年解决不了道路拥堵的问题，其中一个最重要的原因是车速提不起来。香港的路并不宽，但所有的公交车都速度飞快，如入无人之境。究其原因：一是没有自行车，汽车道只走机动车，没有压车的现象，你快我也快，整体车速自然提高了；二是行人守规矩，红灯时，行人绝不穿行，司机过路口时无须减速，单位时间内车流量很大。公交车都是无级变速，起步非常快，乘客常常前仰后合，尽管是双层客车，司机也猛踩油门，人人奋勇，个个争先，连拐弯都不减速。

雨渐渐停息，香港的面貌也渐渐清晰。

2007/01/11

英语，通往世界的窗口

内地英语学习者大都有过一些共同经历，其中之一就是不断被人问道："你为什么要学英语？"

我三十九岁开始学习英语，拖家带口的，曾被屡屡问到这个问题。以前面对这个问题，我常常不知所措，只好搪塞，口头禅是："闲着没事，瞎学！"其实私下里，我也不知道哪里来的动力，但有一点我非常清楚（尽管说出来别人难以理解），那就是"上瘾"。学习过程中的废寝忘食、挑灯夜战，我全经历过，与前几年玩电游时的感觉如出一辙，每过一关就兴奋不已。

后来到香港做记者，才知这"游戏"不是"瞎"玩的，这个问题的答案也最终得以揭晓。英语的确很有用，身在香港的我对此深有感触。初到此地，我不谙粤语，可香港所有公共场合，包括新闻发布会，人们都在讲方言。所幸，人们通常会再用英语重复一遍。那时，英语给人的感觉是神奇的。我国有五十六个民族，八十多种彼此不能相通的方言，所以国家才号召推广普通话；全世界更有五千到七千种语言，人们也必须找到一个能够互通的桥梁。很久以前，有人建议推广一种所谓的"世界语"，后来不知为何无疾而终。想是英语已太过普及，人们遂不再计较它的殖民色彩；抑或是存在才是硬道理，既然有英语在前，人们也懒得再学什么世界语。二战后，美国的崛起赋予了英语第二次生命，出现了很多所谓的"地域化英语"，如日本英语、印度英语、新加坡英语等。不知不觉中，英语已悄悄演变成"世界的普通话"。在内地，不去外地，不知普通话有多重要；而在其他国家和地区，不出门，便不知道英语有多重要。当然，如果有一天祖国强大到一定程度，相信中文也会成为"世界的普通话"，君不见，如今世界各地如火如荼的中国热吗？

如无切身体会，很多问题的答案都是模糊的。如果有人再问我为什么学英语，我可以理直气壮地说："我在学世界普通话！"

2007/01/17

"快活谷"与"公主坟"

来香港已经半个多月了，一直住在本岛的跑马地，前日偶然到内地出差，回港时竟然徒生一股莫名其妙的归家感，不由使我仔细端详起香港岛的地图，想研究一下跑马地与我远在北京公主坟的家到底有什么联系。不看不知道，一看吓一跳，两处竟真有很多奇特之处。

先说"跑马地"的来历。地图上跑马地的英文名字是HAPPY VALLEY，直译作"快活谷"。此地因兴建了香港第一个跑马场，所以人称"跑马地"。而"快活谷"的由来是因为此处有很多坟场，西洋人认为人死后会上天堂，会很快活，所以把此地称为"快活谷"。但据我观察，这里不仅有天主教坟场，还有回教坟场、波斯坟场、印度教坟场和香港本地人的坟场，可见香港不仅是活人的国际都市，也是那些不同国别的亡魂安息地。

那个著名的赛马场实际上就建在该坟场的边儿上。一般人怎么也无法把喧闹激烈的赛马盛事与肃穆阴森的墓地联系起来。后来有当地人说其实外国人也讲风水，越是好的地段，越用来做坟场，这似乎也能解释为什么赛马场非要建在坟场旁边，另一个原因也许是赛马对香港人太重要了，身后都对此难舍难离，这是笑谈。

再说我北京家址公主坟的来历。一种解释是此处葬的是孝庄皇太后的义女——孔四贞。孔四贞的父亲孔有德原是明朝将领，在清军入关前就已投降清廷。他率领清军从长城打到长江，从华北平原攻到云贵高原，为清朝立下汗马功劳。顺治九年，在广西战败自尽。其女孔四贞辗转回到北京，作为汉将忠臣烈属。孔四贞备受重视，为笼络人心，孝庄皇太后把她留在宫中，并册封为和硕公主。她死后，朝廷为表彰孔四贞父女对清朝的忠诚，厚葬了孔四贞，遂有了"公主坟"。

"公主坟"也好，"快活谷"也罢，最初都是坟场。从环境的角度看，二者无疑都是风水宝地。此外，还有很多巧合因素。公主坟有北京最早的转盘式立交桥，而跑马地也是一个圆形场地；公主坟附近有北京著名的1路公交车总站，而跑马地附近也有香港的1路公交车总站；公主坟有北京著名的城乡贸易中心，而跑马地不远有闻名世界的时代广场；公主坟有湖光山色的八一湖公园，而我在跑马地的宿舍窗外有葱郁盎然的深水湾郊野公园；公主坟附近有个"翠微路"，跑马地不远处居然有个叫"翠屏村"的地方。

当然，这些所谓的巧合都不过是些外在因素，最重要的还是我已经开始把香港当作自己的新家，感觉地理位置、名称之相近，又进而分析，也不过是化解乡愁的一种慰藉方式吧！

2007/02/01

第一次赌马

"舞照跳！马照跑！股照炒！"这是当年解决香港问题时邓小平同志的承诺，也是香港保持资本主义制度的象征，可见，赌马对香港人来说多么重要。既然来到香港，不去看看赌马实在遗憾。

跑马地的赌马活动每周三晚上举行一次，为什么安排在晚上，开始我也说不清楚。有人解释说，可能是因为晚上大伙儿都下班的缘故。晚七点，站在马场制高点的八楼往下一看，场内灯火通明，人山人海。我向同行的老张讨教规则，对方毕竟来过几次，又号称学过半年养马，给我讲解了一下如何填写赛马单、如何看马的体重和肌肉，以及如何观察马的神态和兴奋度。后来，我们每人买了一张十元的马票小试一次，结果全军覆没。第二场，老张自恃有经验，又买了两张，结果又输了个精光。我仗着初生牛犊不怕虎，又下了一注跟他完全不一样的马，结果意外地赢了二十元。老张不服气，第三场向场内一个号称专家的老者请教了半天，那人滔滔不绝地告诉我们如何看马师以往的成绩、如何分析赛马最近的表现，以及如何设计买三张马票形成所谓"铁三角"，以便稳妥。我听得入迷，心想，敢情这里的学问还真大。后来，老张索性跟着人家下了一注。为了试试自己的判断能力和运气，我自行分析又单独买了一张。结果大出意外,所谓专家推荐的马号完全不灵,反倒是我自己瞎买的马号又赢了二十元。既然专家也没谱,干脆还是自己来。经过紧张缜密的"分析",我胸有成竹地又多买了两张,结果都打了水漂,把前面赢的也都输了回去。

赌马的时间过得很快,一晃两个小时过去了。想起十年前我做过一个公益广告劝说人们不要赌博,片名就叫《赌博之风刮干了亲人的泪》,心想,这赌马这么刺激,意志薄弱的人还真收不住,铁定倾家荡产。我赶紧醒悟,与大家合计合计,见好就收,立即撤退。

反正也不赌了,索性来到楼下,近距离看看马场。赛事还没有结束,楼下的人群显然战性正酣,有的阅读报纸,认真研读本场最新的赛马资料;有的三三两两扎在一堆儿喝啤酒。其实,从神态上就可辨知谁是老鸟、谁是游客。老来赌马的人神情专注,拿着资料和钢笔在一旁勾勾画画,目不斜视;而游客往往心不在焉,有说有笑,赛事对他们来说并不重要。

站在跑道边,青草香混着马粪味阵阵飘来,居然是一种久违的味道。小时候,在北京常有郊区农民赶着马车到市郊卖水果,牲口难免在马路上又拉又尿,就是这种味道。远远见到几个马师驾马慢慢靠近,才注意到端坐在高大健壮的马背上的马师原来都是瘦小枯干之人。他们尖小的臀部在马鞍上若即若离,保持着一种前倾的姿势,好像骑的不是马,而是摩托车,随时准备冲刺。其实,早先的赛马一定和军事有关,正像奥运会是由为准备兵源的军事训练和体育竞技演变而来的,只不过今人对马师技术方面的要求远比对他们肌肉的要求高,为了减轻马的负重,马师的形体当然越袖珍越好。

突然，一阵清脆的铃声响起，又一场赛事开始了。人们立刻拥到跑道边，翘首以待。我举起相机准备拍照，不到十秒钟，有人喊道："过来了！"十二匹飞马箭一般疾驰而来，围观的马客兴奋地挥舞着手臂喊叫着："GO！GO！GO！"周围的气氛骤然兴奋紧张起来，在嘈杂的呼喊助威声中，我慌忙拍下一张照片，刚想再拍一张，抬头一看，赛马早就没影了。这一瞬间不足两秒。

　　惊魂未定中，望着马场后面烟筒般林立的高楼，我突然明白了，这个城市太过忙碌紧张，人们确实需要这么一个以毒攻毒放松身心的地方。其实，赛马就是个游戏，人们花钱是为买个乐儿，凭港人的收入，每月花上几百块钱赌个马不是问题。我后来了解到，香港赛马会的部分收入还会用于社会公益事业，不由对这片马场又生出几分赞许。

2007/02/06

在香港开车

在香港开车可不容易,与内地大不一样,所以初来者总觉得不习惯,不敢开车。

首先,行车要靠左,与内地正相反。我发现,越是内地来的老司机对此越是顾虑重重,正所谓"积习难改",尤其是在没有中间隔离带的小马路上,往往开着开着车身就向右边偏移了。如果绕转盘,内地是从右边转,在这里则是左转,非常别扭。所以,第一次上路,我总在心里默默念叨:"行车靠左,靠左,靠左……"再一个,就是右舵。在香港,主驾驶在右边,总觉得往左边看不清楚,没把握,尤其要往左并线时,心里难免犯嘀咕。

这里交通事故的责任分得非常清楚,肇事方要负全责,所以司机在并线和转弯的时候格外小心,有时甚至停车专等并线。你一定觉得港人开车很谨慎吧?可一旦进入正常行驶,他们可不会轻易谦让。见有车要并线,香港司机并不减速,仍会疾驰,一副得理不让人的样子,所以很多内地新手根本不敢在香港开车。更由于车的档位都在司机左侧,感觉整部车就是给左撇子开的,拧巴得很。

香港的警察也扣分。香港"违例驾驶记分制度"规定,车辆单次违例的最高罚分为十分,而驾驶者如在两年内因触犯违例事项被扣满十五分或以上,法庭可以取消他持有或领取驾驶执照的资格。首次被取消资格,为期三个月,如有再犯,则会被取消资格六个月。若是开车打电话被警察逮着,不仅要罚四百五十元,还要扣五分,但是扣不扣分警察说了算,态度好,兴许网开一面,要是较劲,人家就不客气了。另外,所有的乘客都要系安全带,无论前后,否则出租车司机可以拒载,如果乘客忘了系安全带,警察也只罚乘客,不罚司机。

香港的出租车司机岁数一般都比较大,但驾驶技术普遍比较高。有一次同事外出打车,黑暗中也没看清开车的师傅,上车后一聊才知司机是一位八十多岁的老人,吓得他一路上提心吊胆。此外,出租车司机不怎么讲究起步和停车,要么猛踩油门快速启动,要么急刹车,汽车不断点头哈腰,令乘客的体验不爽,晕车族更是难以忍受,给人的感觉要么是司机都在赶时间,要么他们都是货车司机出身。

香港的马路很少是正南正北的直线,新来的司机很难认清道路;而且路况复杂,时而上大坡,时而下陡坡,时而急拐弯,时而进海底隧道。内地人在香港开车面临的不仅是要习惯行车靠右的问题,还要时刻注意各种路标和方向牌,因此,一开始常弄得外来司机紧张异常。

当然,香港的路况也有内地没有的优势,比如没有自行车,行人也很守规矩等,这都使在香港开车的人减轻了很多心理负担和不必要的精力分散。

2007/02/08

西洋画框中国心

深水湾是香港岛南部的一个海边沙滩。从跑马地到那里走山路步行要一个小时左右，因为少有直达公交车经过，所以多是本地人才去那里游玩。这条山路两旁的景观非常奇特，可以说代表了香港岛的一些主要特点。为了熟悉路段，了解环境，我们一伙人决定周末步行去深水湾一游。

当时正值花季，沿途漫山遍野都是特区区花紫荆花，一片姹紫嫣红。说实在的，我也是第一次见到这么大片的紫荆花树。这种花单看一朵非常平常，既不华丽，也不优雅，但聚集到一起就成为美和力量的呈现。远远看去，整排花树争奇斗艳，在初春的山路上显得格外耀眼，我恍然意识到港人选它做区花一定有取其"凝聚集体力量"之意。

沿途还有很多外国学校。香港有多少法国人我不知道，但据同事介绍，这里仅日本人就有三万多，所以只有六百多万人口的香港不仅有英国圣公会学校、法国学校，还有日本人学校，可见香港的国际化程度之高。其中，一所法国学校建于半山腰上，门口有三棵老榕树，百年的老树盘根错节，背后是沿山而上的栏杆小路，带给学校一种曲径通幽的神秘感。半山腰不仅空气好，而且安静，不由

得令人赞叹当初的选址人慧眼独具。

半山区最大的人文景观是豪宅。这条路好像是富人特别青睐的地方,几乎每隔几十米就伫立着一所名人豪宅,每座至少价值一个亿。据说经典电影《轰天绑架大富豪》的拍摄地就在这里。香港私人豪宅门口大都挂着"私人属地,未经许可不得入内"的字牌,游人要特别留心,不能误闯禁地。

终于来到深水湾。坐在沙滩边的椅子上,眼前是一片宁静的海水,一只叫不上名的长嘴海鸟在海面上盘旋。右边一个人在沙滩上打太极拳,旁若无人,沉浸在空灵的境界里。左边一个人赤裸着上身,趴在海滩上,边看报纸边晒太阳。远处一对恋人携手漫步而来,走近才看清男的是中东人,女的是欧洲人。一个菲佣坐在我右边,不远处还有一个香港女人抱着一个金发小孩在散步。

这就是真实的香港,一个标准的国际化和谐社会。

归途中,见到一个很美的橱窗。深褐色的墙上挂满各种规格的西欧风格的画框,显得富丽堂皇,充满异域风采。虽然没有画,但此时无画胜有画,给人充分的想象空间。来香港两月余,我一直在试图寻找一个恰当的词汇来描绘它,面对这个美丽的橱窗,我突然意识到,香港不就是一张有着西洋画框,却内镶中国心的画吗?

2007/02/19

大年三十逛庙会

头回在香港过年,好奇这里有没有春晚,得知并没有。据说二十年前亦曾有过,后来人气渐消,直至停播。那么,大年三十香港人究竟在干些什么呢?

三十那天,一位香港朋友约我晚上十点外出。我纳闷,这么晚能去哪儿?到了约会地点才知,原来是逛庙会。维多利亚公园年宵市场从1月11日就已经正式开锣,一连六天。花卉庙会是香港一年一度的盛事,其中最热闹的就是大年三十晚上。

我们十一点才走进庙会,本以为晚了,人应不多,未曾想眼前的景象着实让我吃了一惊。但见一排货摊接着一排货摊,一个方阵连着一个方阵,叫卖声此起彼伏,振聋发聩;人山人海,摩肩接踵,大约五十米长的一排货摊,我居然跟着人流蠕动了二十多分钟才勉强过去。

终于在两排货摊之间我才有机会喘了口气,定了定神,确切地说是鼓了鼓劲,又随着人流涌进下一排货摊。这次更拥挤,人挨着人,人挤着人,我感到有瞬间的窒息感,深觉这五十多米路根本走不出去了,当时感觉这是我人生经历中最长的五十米。但周围的人仍然兴致勃勃,神态自若,好像对这种拥挤已司空见惯、习以为常,我暗自感叹港人的耐心和热情。看了半天,发现闹腾得最欢的是卖塑料气球的小贩。据说,他们多是还未毕业的大学生,为了练习基本的商业知识,特地来此处租个摊位实战一番。他们的叫卖方式和花样也最多,有吹喇叭的、敲鼓的、拍手的、说唱的,甚至跳舞的。他们的塑料气球也五花八门,奇形怪状,有香港本地的煤气罐状的,有消防水龙头状的,有两条人腿状的,有嘴里吐舌头状的,当年正值猪年,还有不少以猪为原型的各种气球。我买了个一米多长的猪八戒大钉耙气球,才八港币,正庆幸自己买到了便宜货,往前走了不到十米,发现这个大钉耙在另一个货摊才卖五元。

在挣扎着熬过了第三排货摊后,我决定逃出"牢笼",赶快回家。

回去的路上,仍可见无尽的人流还在朝着庙会的方向前进,零点太早,只争朝夕。朋友介绍说,这种庙会要持续到夜里三四点以后,届时很多花商会丢下货物离开货场,留下的鲜花随便拿。当然,晚来的人绝不是奔着白拿东西来的,他们费这么大力气到这儿来,奔的就是这份热闹,奔的就是新年的那份希望和喜庆。相比窝在家里看春晚,香港大年三十的庙会对港人来说更具个性化和参与感。

2007/02/26
寺庙的变迁

如果在你心目中，寺庙是那个四处漏风、冬冷夏热、昏暗阴森的古典飞檐建筑，那你就错了，香港的妙法寺已经完全是一派与时俱进的摩登景象。

整个妙法寺新庙的外形设计走的是抽象派风格，好似一朵盛开的莲花。寺里设有直通七楼大殿的电梯。室内设有空调，屋顶为立体钢架式结构，高大宽敞的窗户使得阳光可以照射到殿内的任何角落，可谓窗明几亮，清新开阔，给人焕然一新的感觉。悠扬的佛乐绕梁不息，回肠荡气，巨大的钢筋水泥佛像庄严肃穆，蔚为奇观。

在殿外阳台上可以观看四周巍峨高耸的摩天大厦、飞驰而过的高

速列车，还有空中偶尔划过的飞机，真是现实与虚幻的完美结合。尽管现代化的工具和标志包围着寺庙，但佛家以其包容和博大的精神适应着时代的步伐。伴随着喃喃诵经声，我站在阳台上极目远眺，内心霎时有一览众山小的感觉。

有人说新的妙法寺意味着佛家对现实的妥协，我不以为然。佛教本来就是外来的，东汉传入我国，经过两千多年的本土化改造，与中国传统文化不断融合，逐渐接受中国的文化形态和价值观念。今天，它又跃出传统寺庙建筑的思维方式，悄然走进现代化的世界。假如有一天出现了网络虚拟寺庙，相信也不足为奇。

2007/03/01
连接过去与现实的"叮叮车"

香港的"叮叮车"是一种老式的交通工具,在内地已基本绝迹,所以此车对很多外来者来说还是很新鲜的。

其实"叮叮车"就是有轨电车。乍一看不起眼儿,都是十几年以上的车龄,破破烂烂的,没有空调,四个铁轱辘在铁轨上"咣当咣当"响,还有个"小辫子"连着上面的电线,走起来慢吞吞的。因为没有喇叭,所以只能靠摇铃铛提醒路人注意,因此被人们戏称为"叮叮车"。但日子久了,我发现"叮叮车"确实也有它的诸多优势,本地人更是爱煞此车。

首先,它是个环保交通工具。"叮叮车"不烧汽油,不污染空气,自然也不会对全球气候变暖负任何责任。记得很久以前看见过一篇文章,探讨北京当初不应该草率拆除有轨电车,更不应该全部取消电车,想必也是从环保的角度考虑。其次,"叮叮车"经过的路线都是香港最重要的地带,如政府机构、商业中心、交通枢纽和金融中心等,很多上班族和购物者都喜欢搭乘它。另外,它还有一个独特的好处,就是票价低廉,成人全程才两元,小孩才一元,据说这也是当地政府给纳税人提供的一种社会福利。

"叮叮车"也做广告,有的浑身喷绘鲜艳的图片,走在大街上非常惹眼，成为香港一景。那些高科技电子设备的商品广告附加在"叮叮车"这种老式的交通工具上，让人感慨不已，好像一个穿着长衫马褂的人拿着手机，虽有点滑稽，却给了我们很多思考。

"叮叮车"饱经风雨的铁轨，将过去与今天紧紧连接在一起，提醒我们在快速发展的同时，不要忘记在适当的时候，回头张望一下，是否还记得来时的路线。千万不要像诗人纪伯伦所说："我们已经走得太远，以至于忘记了为什么而出发。"

2007/03/05

香港马拉松之启示

报道一年一度的香港马拉松是我们的例行任务。2007年的马拉松结果有点出人意料。所有冲过终点的男子运动员中，至少前十二名都是非洲选手，确切地说，肯尼亚选手囊括了男女冠亚季军。

当时给人的第一个想法是：这场马拉松是给肯尼亚人准备的，是肯尼亚人的马拉松秀。人家就是来香港拿奖金的，他们的马拉松夺冠就像中国人拿乒乓球冠军一样轻松自然，他们的出现使整个国际马拉松赛变得毫无悬念，这是肯尼亚人的骄傲。

后来知道，肯尼亚是马拉松之乡。同行的记者讲了一个传奇故事：一个有三个孩子的肯尼亚普通妇女，在没有任何教练帮助的情况下，在家乡山里练习了三个月的长跑，下山后就拿了个马拉松冠军，挣了一万多美金，相当于一个肯尼亚人三年的收入。正应了那句名言：上帝是公平的，他可以用各种方式来补偿一个人、一个民族，甚至一个国家。

尽管如此，一个值得关注的现象是，很多香港参赛者并不在乎名次，而是以跑完全程为目标，并以此为骄傲。很多香港人最后是走着或被搀扶着跨过终点，其中最令人感动的是一个残疾人摇着轮椅跑完了全程，冲过终点，围观者报以热烈的掌声。香港一共才六百九十万人，可据说当天的本地参赛者有三万多，其中六千多人赛后感到不适。姑且不论香港当时的天气有多炎热、赛道是否适合跑马拉松，单就港人的参与感和勇气，就值得敬佩。

有人说："人生就像马拉松。"的确如此。其实冠军对普通人来说并不是追求的目标和必需的选择，它只是个象征意义，那位肯尼亚妇女练习跑步的时候也未必知道自己将要得冠军，她只是碰巧在身体素质上有优势，但更占上风的是她高亢不屈的意志。

人生在任何地方、任何时间都有不同的"马拉松"，只要认定目标，凭借勇气和耐力，只管往前跑，跑不动就走，走不动就爬，管他好看与否，只要出发，只管风雨兼程，朝着目标前进，决不回头，这就是马拉松精神。如果永远没有出发，就意味着永远没有成功的可能；如果不曾尝试辛苦，就意味着有可能永远痛苦。

2007/03/15

遭遇香港交警

一晚,我去机场接来港的同事。接到人后,为了欣赏香港的夜景,我俩换了个位置,由他往回开,没想到就这么一念之差,出了大事。

出机场不久,一辆警车从右侧一个小路口开过来。同事见状,也没在意,一加油门抢了过去。没走多远,那辆警车便响着警笛快速超过我们,停了下来。我们继续前行,走了不到十米,警车突然响着警笛大呼小叫地又追了上来,并用扩音器大声地喊了句什么。同事吓得赶紧停车,直觉告诉我:坏了,肯定出事了!紧接着,同事的一句话更让我大惊失色,他突然一拍脑袋大叫:"我忘带本了,走之前把驾驶证留在宿舍了。"当时我的脑袋"嗡"的一声响,感觉整个车厢的空气都凝结了。一时间,我俩呆愣在车厢里。

外面下着细雨,透过风挡玻璃,我隐约看见一个魁梧的身影下了警车,逆着车大灯向我们走来。按照内地习惯,司机违章,坐车的人义不容辞要帮着说情,我本着两肋插刀的精神跟同事下了车,准备跟警察"寒暄"一下。下了车才看清,那位交警没戴帽子,还是个光头,我的第一个念头是:嘿,碰见个鲁智深!同事忙不迭地套磁儿:"你好!""鲁智深"见我们说普通话,便也用生硬的普通话客气地冲我说:"你请上车,没有你的事!"我只好往后退,但知道一场大麻烦就要开始了。接着,"鲁智深"也没敬礼,径直朝我的同事走去,用磕磕巴巴的普通话质问:"为什么让你停车你却不停?"同事急忙申辩道:"我没听见你说让我停车!""鲁智深"一生气,说起粤语,掰持半天,我俩也听不懂,但看得出来他很生气。

尴尬之时,又过来一个交警,所幸他能说流利的普通话。经过他的一番解释,我们终于明白,原来刚才我们抢行了。在香港,警车是公务车,其他车辆必须礼让,内地人不知这规矩,才冒犯了警察。"鲁智深"不依不饶道:"你的——"显然他不知道"驾照"用普通话怎么说,只好用手比画着一个方块。我明白他的意思,心说:坏了!同事哪里有驾照?便赶紧把身份证递了过去。"鲁智深"接过身份证摆摆手:"No,你的——你的——这个,证件!"同事自知理亏,只好下车装模作样地在身上摸索起来,摸了半天,当然一无所有。"鲁智深"急了,大喊:"有没有?有没有?"同事吓得高喊:"有的!有的!"我心说:您就别说有了,赶紧坦白从宽吧!同事又开始假装在书包里翻腾起来,又一分钟过去了。"鲁智深"不耐烦了:"到底有没有?有没有?"我暗自叫苦:这回彻底完了,今儿晚上死定了!

同事心虚,灵机一动说起了半生不熟的英语,努力想解释什么,我也在旁边帮腔。这下更乱了,"鲁智深"大声说粤语,同事说英语,我说普通话,大家都想抢先说明和解释点什么,乱成一锅粥。后来还是另一个交警跟"鲁智深"说了几句话,然后转身对我说:"不带驾照不能开车,要遵守法规,一会儿你来开!"我和同事喜出望外，这才大大松了口气，忙不迭地点头，道歉，一番感谢。又过了一阵，"鲁智深"显然气消了，又跟那个交警嘀咕了好一会儿，才终于放我们走了。

回到车上，我深深喘了口气，猛踩油门离开了现场。路上，我埋怨同事应该早点告知没带本儿的事，并安慰道："今天算你走运，这事儿要在北京你就歇菜了，根本没商量，肯定挨罚。"同事说："我知道香港交警的厉害，以前还为交通事故与警方打过官司，但法院判他败诉，被罚了不少钱。"

后来才知道，我们真算幸运，在香港无照驾驶一经定罪，随时可判入狱。那天幸亏我们遇到了菩萨心肠的"鲁智深"，否则我那位倒霉的同事不知要在哪里反省了。

2007/03/19
满满人情味的港人利士

在香港过年感受最深的是发红包。

港人把红包叫"利士",发"利士"就是发红包。一般公司的老板和总监都要在过年的时候派发利士。

香港人认为利士包发得越多,意味着发包人的人脉越广,来年的财运也就越大,所以港人在初一到十五间要广发利士包,据说某公司的一位上层人士一晚就发出去三万多港币的利士。

2007年春节期间,我参加了一个新年聚会,正赶上一位老板手里拿着一摞厚厚的红纸包在发利士。由于到会的属下太多,不得不排长队逐个领利士,场面颇为壮观。虽然红包里只有一百港元,但拿到利士的人都会高兴地说一声"恭嗨(喜)发财"。拿利士的人越多,说"恭嗨(喜)发财"的次数自然也越多,老板就笑逐颜开,讨得很多吉利。这种场面有时还附带抽奖活动,一般是在发毕利士后。每次老板至少要拿出一万元让大家抓奖,赶上老板兴致高涨,便不断在现场掏腰包拿钱,左一万,右一万,看着让人眼晕。有时到会的老板不止一个,一位老板掏了,另一位看见也掏,互相斗气,于是你一万,他一万,气氛越来越热烈,引来现场观众阵阵掌声。置身于那种场面,你会有一种"钱不是钱"的感觉。其实香港的大老板也真不在乎这点钱，花钱图个高兴，一年就这一次。

　　港人爱发利士，使得利士包也变成了礼物。新年伊始，我接到一个礼物，打开一看全是利士包。开始不明白，这东西也算礼物？后来才知，送你利士包的人是让你多发利士，来年大吉，要是没有利士包，拿什么发？春节期间，香港的商店里到处都是卖利士袋的。

　　利士包里的钱数虽然是有限的，但含义极为丰富。讨吉利固然是首要因素，但更主要的是让别人感到老板的情义，毕竟情感也是留人的一大法宝。现在内地发钱大都用卡，很少有领导或老板亲手把现金或红包交到属下手中，这些小事似乎由会计和秘书代劳即可，发钱的过程自然少了人际交流和乐趣，从这个角度讲，港人的利士除了迷信色彩外，多少还蕴含着一点人情味的感觉。

2007/03/23

上帝跟我开了个玩笑

2007年3月18日，这天对我来说是个难忘的日子。因工作需要，我参加了一个有六百多人出席的大型宴会，席间为活跃气氛，主办单位进行了三次抽奖活动，我居然鬼使神差中了个最高奖。这是迄今为止我得到的最大的一个奖，据会议主办单位说，这个大奖价值六千港币。

当时为确保没有听错，我还特意向旁人求证。确认无误后，我沿着礼仪小姐刚刚走过的T型台向主席台靠拢。随后，在一片欢呼声和闪光灯的助兴下，我拿到了一个信封。

由于太过激动，我几乎忘了自己是怎么走上、走下主席台的，只记得主持人用英语冲我说了声："加利福尼亚见！"回到座位上，我定了定神，用颤抖的双手诚惶诚恐地打开信封，才发现那不是个现金袋，也没有支票，而是一个证书。证书用英语告诉我可以免费去美国的一家豪华饭店住四天，并特别注明饭店的全体员工期待我这个幸运儿的到来。

随之而来的则是一个巨大的问号。我在香港这么忙，哪有时间去那家远在美国的饭店呢？即便有时间，又有谁给我出路费？再退一步讲，就是有人给出路费，谁给我办护照和签证？思前想后，我认定这不过是上帝跟我开了个玩笑。对我来说，这个大奖根本就是一张空头支票，徒有虚名而已。

后来，有一位老记者对我说："这种庆祝活动主要是重形式，有时一点小事，整得大张旗鼓，你别太当真。"我遂恍然大悟，他是在提醒我：别以为香港满地都是金子。

再后来，"轻轻地，我走了"，离开了宴会厅，"正如我轻轻地来"，将大奖还给了主办单位的人，"挥一挥衣袖"没带走一片云彩。

2007/04/02

目睹曾荫权三次挨骂

2017年3月26日,曾荫权以649票对123票打败对手,高票当选新一届香港特别行政区行政长官。作为驻港记者,我有幸目睹了这一历史性时刻。当曾荫权听到自己获胜的那一刻,我注意到他嘴唇抖动,强忍热泪,极力抑制着自己激动的心情。

这个"特首"来之不易,用香港报纸的话说这是一场"打了五十三天的硬仗"。五十三天以来,为了竞选他四处奔走,参加论坛、辩论,还有各种造势大会,前后共参与进行了七十四项活动。一次,一位美国记者问他,香港是否有足够的新闻自由,他回答说:"当然有,香港的报纸每天都有骂我的文章。"此话不假,我也亲眼看到他三次挨骂。

第一次是在他正式宣布参加竞选的发布会上。当时,屋子里挤满了各路记者,踌躇满志的曾荫权微笑着对在场的记者宣读参选书,刚念到一半,突然有人在会场的右侧大声喊叫起来,斥责他的施政纲领。在场的记者都被这意外的场面惊呆了,纷纷把镜头对准这位不速之客,场内的气氛骤然紧张起来。我回过头来,关注着曾荫权的表情,但见曾先生神态自若,仍像没事人似的继续微笑着宣读自己的参选决定。

第二次是在正式选举的前一天。我在湾仔的一个运动场里拍摄他的竞选晚会，场内数千港人全是支持他的热情市民。现场口号声、棍状气球有规律的打击声不绝于耳，晚会的气氛可谓一浪高过一浪。就在此时，距记者台后不远的墙外，猛然传来阵

在香港亚厘毕道特首官邸采访时任特首曾荫权（2009年9月）

阵嘈杂的喊叫声，有人用高音喇叭狂呼乱喊，刺耳的声音与场内氛围极不协调，显然是反对派在外面举行抗议活动。场内记者纷纷冲向墙边抢拍突发事件。一个在场内维持秩序的小姑娘试图阻止一个乱跑的记者，反被那个疯狂的记者猛地用身体撞到一边。我注意到小姑娘捂着被撞的胳膊，疼得眼泪都出来了。尽管如此，曾荫权并没有受到丝毫干扰，反而以更加洪亮的声音盖过了外面的噪音，继续有条不紊地进行自己的竞选演讲。

第三次是在他竞选成功的那天。反对派代表人物梁国雄为表达对曾荫权的抗议，竟然戴着一个猪脸面具堂而皇之地出现在现场。就在选举结果出来的一刻，他突然站起来大声呼喊叫骂，以示抗议，但曾荫权将这一切视若无物，从始至终不曾正视闹事者。

只有了解整个竞选背后的千辛万苦，才理解曾荫权在成功时刻的百感交集。他的成功绝非偶然，其竞选口号是"我会做好呢份工"，意思是，说无论在社会的哪一个位置，都需要时刻尽心尽力做好自己分内的工作。就是这么一句看似平常而又朴实的话语，成功打动了香港选民的心，一时被传为佳话，最终成就了他政治生涯的又一次辉煌。

2007/04/08
央视名声大振

2007年4月1日,中央电视台《经济半小时》暗访位于香港土瓜湾的皇室钟表珠宝店,揭露其出售假冒瑞士名牌手表的勾当,在香港造成很大的震动。

先是香港旅游业议会一行四人于4月3日抵达

与央视财经频道曝光假表事件的记者采访时任香港旅游发展局主席田北俊(2007年)

北京,与国家旅游局官员商讨相关的监管问题,并跟此次暗访的央视记者会面,希望了解事件的细节,并搜集资料回港调查;紧接着又迅速派人突查了这家商店。4月5日,香港海关再度搜查了卖假货的皇室钟表珠宝店,并没收了近四百只假冒手表,香港旅游业议会得知情况后,又下令所有旅行社不得再带团到该店购物。一时间,整个事件在香港闹得沸沸扬扬,央视在香港的名声也为之大振。

连日来,香港各大电视媒体争相转发央视有关节目的报道,加上港岛各大媒体连篇累牍的渲染,使得"宰客事件"在港岛持续发酵,引起了骨牌效应。4月6日,香港有关部门又突查了红磡阳光广场的一家首饰店，没收了价值一百万港元的冒牌意大利名牌。有人甚至质疑港岛的服务体系，大有呼唤全面整顿港岛市场秩序的架势。茶客和网民也议论纷纷，有民众说，早就该给这些不法商人"踢爆"一下，还有人曝料，港岛还有很多丑闻需要揭露，如假雪鱼、发水楼等，提出既然央视很有权威，就应请央视再派人放蛇、踢爆，更有人直呼央视为"包青天"。据说在此之前，有关部门就接到过两宗有关这家珠宝店欺诈客户的投诉，但不知为何都没有及时处理，央视曝光产生的反响实属意外，难怪港人惊叹央视的威力。

说到底，港人着急是因为关心自己的商业形象。每年有两千万内地人到港旅游，不但可增加零售业的销售量，还可以增加服务业的收入，而此次曝光报道必将有损香港旅游业的整体形象，有人估计"宰客事件"会使当年"五一"黄金周的内地客量减少一成，而未来的持续损失根本无法估算。

至于说央视是所谓的"包青天"，未免言过其实。香港有自己独立的司法机构，在食品卫生和一些有关民生的商品检验程序上有着比内地还要严格的手段，还有更多样化的新闻监督体系，从长远来看，央视不可能越俎代庖，跑到香港"指手画脚"。但同时，央视又是内地的主流媒体，帮助政府和司法部门监督社会的不良现象是央视义不容辞的职责，香港也不能例外。因为央视的主要收视群体是内地的观众，要维护内地消费者的权益，而这次"宰客事件"又牵扯到内地游客的利益，所以才出手相助。正如《经济半小时》所说："货真价实、童叟无欺一直是中国生意人信奉的经商秘诀。任何急功近利、巧取豪夺、违法乱纪的奸商，不管在哪儿都不会有好下场，同时，任何一个有正义感的媒体都不会袖手旁观。"

2007/04/20

假如您到香港来

您的机票买好了吗？也许您正准备来香港，考虑到香港人与内地人不同习惯和特点，说几条莅临香港后应该注意的细节，供列位看官参考。若您真的到了香港，或许会有些帮助。

首先说坐车。港人很守秩序，这一点可以体现在生活中的方方面面，比如爱排队。无论地铁，还是公交车站，你都可以看见港人在自觉排队，即便上下班高峰时段，也绝无加塞儿拥挤的场面。甚至上电梯时，大家也是排队的，还时常有保安维持秩序。另外，香港的很多公交车不报站，去哪都得自己看好地图，或以某个建筑物作为参照。

在香港，无论公交车还是出租车，都空调大开，温度设置以可身着西服领带为标准，所以外出最好选择长袖。此外，准备好零钱，自动售票不找零，最好用的是"八达通"。香港只有两种交通工具最便宜，一是"叮叮车"，一是天星小轮渡。

再说购物。现在购物方便多了，整个港岛就是个大商场，商店鳞次栉比，但价格相差甚远，香港的法律并不限制价格差异，如果没有货比三家，在一个地方花高价买了东西，只能自认倒霉。总的来说，九龙的物价比港岛低。当然，央视给不法商贩曝光后，坑骗顾客的现象收敛多了，现在反倒是个购物的好时候，而且港人正研究是否放宽退货时间，即由原先的十四天放宽到半年。香港的商店一般都设有厕所，但也有一些重要的建筑里没有对外开放的卫生间，只有公司员工使用的内部厕所，如果实在内急，可找大楼的保安要钥匙后方可使用。

　　说到游乐园，不能不提迪士尼和海洋公园。迪士尼游玩的禁忌是不能携带食品和饮料，而且存包收费很高，所以千万别带食品和不必要的箱包。我就亲眼看见很多游客因不让带食物进园，不得不在门口拼命进食，搞得狼狈不堪。游览海洋公园最重要的一项是坐缆车，在上缆车前，公园通常会给你免费照相，虽是免费，但到站后如果想要照片必须支付至少八十元。另外，千万别在公园长椅上睡觉，或乱扔东西，所有的公共场合都不能抽烟。不要侥幸自己吐痰不被发现，卫生警察随处可见。

　　最后提醒你，香港最美的是夜晚，所以最好乘夜班到达的飞机。

2007/04/29

熊猫传递祖国爱心

2007年4月26日，四川卧龙自然保护区细雨绵绵，好像老天对两只即将离开的大熊猫依依不舍，然而在香港，这一天却是响晴薄日，阴霾多日的天空格外晴朗。

这两只大熊猫对港人意义非凡。关于它们的到来，有很多趣事。香港民政事务局从4月2日就开始征集它们的名字，作家查良镛也是评委之一，期间共收到回信一万多封，去除重复的提名，一共是六千七百件，而且事先保密工作做得很好，没有透露任何消息，所以在交接仪式上，记者云集，如同欢迎什么大人物的到来。

当中国国家林业局的赵学敏撕开盖有名字的封印时，全场哗然，大家都很兴奋。至此，这个持续了近一个月的熊猫取名悬念终于有了结果。代号606和610的熊猫分别改名为乐乐和盈盈，现场一片热烈的掌声。很多香港记者在机场迫不及待地将这一消息用手机发回总部，显示了港人对大熊猫的关注程度。

当时，卧龙自然保护区特意选送了两只身体健康、具有生育能力的大熊猫来港。这两只大熊猫的关系亲密，终日耳鬓厮磨在一起，只要哪个先睡醒就会叫醒另一个来玩。前日我去海洋公园参加一个记者发布会，公园放映了一段它们的监控录像，画面里两个黑白相

间的小肉球滚在一起，非常可爱。香港特首也表示，期望它们早日开枝散叶，繁衍生息。但据专家介绍，大熊猫不是随便就能看上一个异性的，两只素不相识的大熊猫能够相爱非常不易。随同而来的卧龙保护区的两个饲养员告诉我们，可喜的是，这两只大熊猫已经很快适应了新的环境。

就在大熊猫到达的同一天，香港大学公布了一项民意调查报告，结果显示港人对中央的信任比例较2月份飙升了17个百分点，达到了58%，"一国两制"的信心指数也比2月份大幅上升了10个百分点，为78%，达到了1997年以来的最高。中央政府赠送的大熊猫，不仅给了香港市民一个欣喜，也给了香港市民一个安慰，大熊猫为中央政府向香港市民传达了这样一个信息，那就是全国人民爱你们。

2007/05/08
闲话客家人

20世纪70年代看电影《五朵金花》和《刘三姐》时，总羡慕电影里会唱山歌的少数民族，青年男女能用对歌的方式谈情说爱，尽诉衷肠；后来得知，客家人也有唱山歌的传统，而他们原本也是汉族大家庭的一员。

不久前，我随一个香港访问团到广东梅县访问，获悉梅州是客家人的聚集地，还学会了一首客家人的山歌，曲调非常优美，歌词大意是：山歌越唱心越开，井水越打越有来。唱到青山团团转，唱到莲花朵朵开。

回来仔细研究了一下客家人的由来。所谓客家人，其实就是早年间的中原汉人，包括河北、山西一带的北方人。很久以前，客家先民，特别是大户和富人，为躲避中原战乱而南迁，先后迁徙到赣江、梅江流域，以及南方各省的山区。"客家"一词，不过是民间的通称，据说当时宋朝制作户籍时，将居住在南方本地的土著称为"主"，把从外地迁来的人称作"客"，"客家"一词由此诞生。由此类推，我这个河北人应也算是与客家人同出一族了。可惜的是，今天的中原人已不能在青山绿水间吟唱温柔、优美的小调了。

有人说：民族的舞蹈和歌曲是代代相传的，随着民族的存在而得到保存。当年老一代客家人因战乱南迁时，不仅带走了大量的物质财富，也带走了丰富的精神文化。从北方而来的强悍民族虽然占领了他们的土地，但既未留下游牧民族的文化，也未留住客家人的"无形资产"，弄得今天的中原人没了山歌可唱。

在梅州时，我住在一个幽静的山庄里。一天，清晨醒来，推开窗子，便听见对面树梢上小鸟的啼叫，声音非常哀婉、动听。突然醒悟到，如果有一天，这里的林子没有了，那鸟还会在这儿唱歌吗？客家人失去了自己的家园，也带走了属于自己的文化，并且在南迁的过程中融入了南方少数民族的山歌文化。

有人说：客家人的迁徙，是一种血泪的迁徙，是连根拔起、死而后生的彻底的迁徙。客家人虽然永远失去了自己原有的家园，却至少保有了自己的原有文化，更确切地说，是魏唐遗风，单凭这一点，客家人就值得骄傲。

2007/05/14
香港记者不容易

在内地，记者号称"无冕之王"，各地领导非常重视，特别是央视来的记者，每到一地，往往前呼后拥，颇为风光。曾经一段时期，有些活动，如果央视记者迟到，甚至因此而推迟。记者在内地之所以受重视，是因为大部分从业者确实怀着强烈的责任感，真实地报道现实生活中纷繁复杂的现象，成为接近事实、监督腐败、揭露丑恶的排头兵，因此，赢得了人们的尊重。

在香港则不然。日常生活中，人们并不拿记者当回事。虽然他们也报道各种腐败丑闻和花边趣事，甚至尺度更大，但民众认为那是天经地义的事，是一个媒体人起码的道德标准和责任义务，没有什么值得炫耀的。在香港，媒体为了在激烈的竞争中得以生存，也必须绞尽脑汁挖掘新闻线索，并追踪报道，所以港人不觉得记者有特权。例如，人家约你几点来，你就得准时到，提前和错后都不行；说给你半个小时，到时间人家就走；说你只能拍摄一个地方，你就不能再拍第二个；即兴采访的事儿一般都不行，必须提前申请，而且手续还非常复杂。

在内地，记者外出采访有时接待单位还给午餐费、交通费，赶上连续工作，一天甚至能拿好几次，颇为得意。在香港可没门儿，甭说午餐费，连饭都不管，偶尔有接待人员给记者准备了午餐，你也别太高兴，往往就是几个牙签小点心，属于基本温饱型。在香港，人们认为，记者的工作就是为媒体来挖掘信息，你到我这儿来采访是求我办事，即便商家举办的带有商业性炒作的活动，也没人念记者的情，偶尔发点小礼品，也是遮遮掩掩的。

香港的法律严格禁止搞有偿新闻，一旦发现，严惩不贷，所以也没有主办单位敢明目张胆地贿赂记者。当然，在香港想找到一份体面的职业也不容易，因此香港记者大都非常敬业，没有特权感，更不敢冒险拿自己的饭碗开玩笑。在一个发布会上，曾见一个女记者为突出自己媒体的台标，多次上前去摆放电视台的话筒罩，想方设法把它放在醒目的位置。看那副不厌其烦、极其较真的劲头，好像电视台就是她自己的，敬业心令人肃然起敬。

另外，在香港，记者人人平等，没人管你是哪个媒体的，大家一视同仁，没有大媒体和小记者之分，采访权利和机会是均等的，谁先到谁就占据有利的拍摄位置。每当有重要的事件发生，你会看见很多香港记者提前两个多小时就守候在预定地点，一旦发现目标，立刻如离弦之箭冲上前去，寻找最佳角度，抢拍第一镜头，当仁不让，根本不管后面的同行能不能拍到。在香港记者心目中，抢镜头就是抢饭碗。

在香港做记者的确不容易。

2007/05/18

五十分钟穿越"一国两制"

站里有辆两地牌照车,但需要每年去深圳办理一次手续。为了办这个往来港、深两地的驾照,需要来回开车往深圳跑,别小瞧这点事儿,不清楚的话还真能把你折腾个够。

首先要驱车四个多小时去广州郊区的一个车辆管理所,办理驾照申领单。一周后,再去深圳梅林海关办理手续。之前,还要先去皇岗海关指定的医院检查身体,办理健康证。几番周折总算找到医院,经过抽血、验尿、透视等多达八项的检查之后,终于完成体检,返回香港。两天后,第三次赴深圳,到边境检疫局办理出入境检疫检查证,几经"磨难",历时半个多月,终于办妥所有手续。

前几次都是由他人陪同去的,但完成最后一个手续后,由我单独驾车返回香港。归途中,想起连日来的辛苦总算没有白费,心中窃喜,激动之余哼起了小曲。在通过香港检查站的第一关后,本以为没事了,一加油门就冲过另一个看似无人的关口。没想到车身刚一通过,身后就传来刺耳的警笛声。一时间,附近各个检查站的门楼里探出无数个警官的脑袋,向我这边张望,检查站红色的警灯"刷刷"地闪烁。我暗自叫苦,自知肯定是闯关了。

我把车慢慢退回关口外,才发现刚才那个看似无人的岗亭是海关的第二道检查站,过往车辆必须停车再次接受证件检查。在我闯关的这几十秒钟里,警报器一直在不停地响,弄得人心惊肉跳,直到我的车完全退回,警笛声才戛然而止。我的心怦怦直跳,心想:这下可捅了大娄子。出乎我意料,警官一听我讲普通话,知道并非故意闯关,并未大声责怪我,特别是经我一番解释,了解到我是第一次单独驾车过关后,小房子里的警官也没有过多询问,就把我放行了。

　　返回港岛后,一看表,整个行程不到一小时。就在这短短不到五十分钟的工夫,我穿越了"一国两制",跨越了一道看不见的围墙。这种时空交错的感觉只有在影视艺术里才可以做到,而我开着一辆面包车,五十分钟就轻而易举地实现了,好神奇!

2007/05/26

将国旗插遍香港的人

　　来港后拍摄的第一部纪录片主角是一位中学教师，一位有着爱国情怀的普通香港公民。他三十多岁，戴副眼镜，身材不高，乍一看，外表清瘦，貌不惊人，但就是这么个看似平凡的人，以他的非凡举动激发了我的采访欲望。

　　他叫许振隆，是香港福建中学的老师，故事还得从2002年说起。当时香港回归祖国已经五年了，但许振隆注意到，香港居然还有60%的学校没有升国旗的习惯，而且理由千奇百怪，有的说是因为没有场地，有的说是因为没有旗杆。而细心的许振隆调查后发现，最主要的原因是，很多香港学校没有受过专门训练的升旗队员。

　　国旗是一个国家的象征，而升国旗的活动正是通过一种庄严的仪式，来提醒公民对国家的认同和归属。香港回归五年了，如此众多的香港学校无法举行正规的升国旗仪式，这无疑会损害香港下一代对国家的认同感。许振隆意识到这个问题的严重性，2002年7月1日，他与几个爱国教师商量后决定，自发成立一个香港升旗总队。他们利用业余时间义务为各个学校培训护旗员。五年来，这个升旗总队已经为香港130所学校培训了390多名护旗人员。随着香港升旗总队规模的不断扩大，他们在香港的影响也越来越大，经常会被邀请在各种重大的活动中主持升国旗仪式。2007年1月，他们本来计划只给100所学校提供升旗培训，结果报名的学校达到142所，没办法，许振隆和升旗总队的同事商量后决定，牺牲更多的休息时间，照单全收。

对许振隆来说，不仅要让香港的孩子掌握升国旗的基本技术和程序，还要让他们了解与国旗有关的基本常识。在他们12小时的培训课程里，有一半时间要学习有关国旗的常识。他的理论课包括《国旗法》、国旗的来历和含义，以及与升旗配套的国歌等，可以说是知识、技能和态度的完美结合。通过学习，这些香港孩子不仅了解了升旗的技巧，还了解了自己国家的历史、文化、礼仪，并增强了对国家的认同感。

当我看见香港的孩子用英式的步伐在英语的口令下练习步操的时候，当我看到孩子用不太标准的普通话唱国歌的时候，当我看见他们用自己刚刚学来的技术庄严地升起五星红旗的时候，一种极其复杂的情感涌上心头。

临别的时候，一些升旗总队的队员问我，内地人对香港人是否有些成见，我实实在在地说："有。"不客气地讲，来香港前有人告诉我说：香港很多人认为自己是英国人。当孩子们听到这话时，都坚决予以否认。不错，香港是被英国人统治了一百年，但眼前的事实告诉我，深藏在民族骨子里的东西是无法磨灭的。用一个英国特使的话说，香港就像一个镀金的花瓶，内胎是中国造，外面镀的是英国金。我想，他说的那个内胎，就是港人的中国情结和民族之魂，虽然你可以在一段时间内把它封存起来，但一旦条件成熟，它终究会彰显和绽放出光彩来。

2007/06/04

别给内地人丢脸

2017年5月24日的香港文汇报刊登了一篇文章，说英国旅游网EXPEDIA访问了1.5万名欧洲酒店业人士，结果显示，全球最差游客分别是法国人、印度人、中国人、俄罗斯人和英国人。

被评为最差游客的几个国家的情况各有不同，中国人位列第三的原因是"不拘小节"。别的国家我不甚了解，但中国的"不拘小节"却并非空穴来风，眼下就有个活生生的例子。前日，我就在香港的君悦大酒店目睹了一次。

江西某地的领导带着一班人马，约七八百人来到香港搞招商活动，整个君悦酒店的会议大厅挤得满满的，有的人只好在场外休息室里等候。这时，我愕然发现现场某位仁兄突然在大堂脱掉了鞋子，众目睽睽之下还高高地抬起来晾着，气味难闻。众人或侧目而视，或纷纷躲避，这位江西人却旁若无人，大模大样地跷着二郎腿。这八成就是英国旅游网说的那种"不拘小节"的国人。

其实"不拘小节"的"量刑"已经很客气了。实事求是地讲，这应该叫"缺乏修养"。十几年前，我在新疆乌鲁木齐的机场也经历过类似事件。当时，大家都在排队买票，突然有位汉子夹塞儿闯进队伍，站在后排的一个外国人用汉语高声斥责，没想到那位莽汉不但不脸红，反而回身与那外国人争执起来。外国人讲："你这样是给中国人丢脸。"莽汉还击道："我丢不丢脸你管不着。"这句话让所有在场的人大感愕然。我的想法是，也许再过几年，这样的国人就会少一些，谁知事隔那么多年后，在香港最豪华的酒店里，还能见到这样的害群之马。

崔永元在《面对面》里曾经对王志说，他现在最关心的是国民教育。他坦言："占有公共资源，就要做好事。作为一个记者，我也希望借助所有的机会，建议所有的国人，都能尽自己的所能，为提高国民素质做点什么。"

2007/06/12
传说中的香港赌神

传说，香港有赌神，逢赌必赢，百战百胜。提到赌神，不能不让人想起周润发主演的电影《赌神》，主人公在公海上的一艘游轮里与赌魔决战，情节惊险，扣人心弦。然而现实中是否真的有赌神？前日，偶然与几个朋友聊天，谈到赌神的话题，朋友竟然坦言，确有其人其事，只不过因为极其神秘，外人并不知晓，后经不住我软磨硬泡，终于透露了一点内情。

其实传说中的赌神不止一个，现在仍大有人在，其中一个就是香港人。这位赌神原来是个精算师，戴副眼镜，从小博闻强记，能掐会算，后来偶入赌场，发现将自己的专业知识用于牌桌，竟然轻而易举就赚个钵满盆满，于是一发不可收拾。后来，他终日于赌场叱咤风云，甭管"大家乐"还是"21点"，屡战屡胜，日进斗金，最后干脆辞职，专门以赌为生。

由于其人太过聪明，所向披靡，无坚不摧，圈内名声显赫，人送外号"夜只狼"。业内人士大都知道他的威名，据说美国拉斯维加斯的赌场禁止他参赌，只允许其参观和表演，并支付高额酬劳。赌神每到一处，不用出手，必有人将元银奉上，恭恭敬敬，好吃好喝，待为上宾。其实，赌神并非万无一失，不过是经过掐算，赢的概率比常人高，所以出手较狠，敢打敢拼，你赢一次，架不住他赢九次。当然，也不是所有精算师都能当赌神，还要看自己的悟性和造化，更重要的是实践经验与专业技能的结合，就像会骑自行车的人很多，但不是每个人都能成为杂技演员。

闲谈中朋友还提到，如今不仅有人以赌为生，还有人专门以介绍赌客为业，即每介绍一个赌客到赌场，便可抽头获利，利润百分比不等，但如介绍几个上百万的豪客，收益就相当可观了。所以这些搭客经常往来于世界各地的赌场，呼朋唤友，风光无限，不可小觑。我笑谈："若不小心介绍一个赌神怎么办？"朋友告知，赌神无人不知，无人不晓，连FBI都给他建档，所以不宜隐藏。不过，赌神毕竟是少数，常人还是不要以赌为业。赌神及业内人士有话：赌场有的是钱，不怕你赢，但大多数赌客终归输多赢少。

赌客不怕输钱，就怕收不住，遇有癫狂者，难以自制，必然倾家荡产，血本无归。难怪澳门当地居民告诫孩子，赌业是给外人开的，自己人沾不得。

2007/06/21
港人爱狗　养之有道

香港养狗的人很多，特别是跑马地附近。每到傍晚，遛狗之人不约而同涌出来，各种长毛大狗和玲珑小狗与路人擦身而过。行人也都习以为常，相安无事，而狗的主人也很讲"狗德"，使得香港的狗虽多，但并未形成"狗患"。

港人对狗的管控，主要体现在两方面：一是对狗的主人有严格的要求，如狗粪必须及时处理，狗主人必须保证狗不会对路人构成威胁。所以在香港你会经常看到狗主人随身带着塑料袋和水瓶，一旦发现狗的粪便就及时用塑料袋抓起放入路边专用的狗粪箱。狗尿则用随身带的水冲一下，虽然只是象征性的动作，但其文明意识可圈可点。另一方面，政府也提供与养狗相关的管理设施，如在允许遛狗的街道设置专用的狗粪箱和狗厕所。这种狗粪箱看似简单，但非常科学，考虑得十分周到、细致。狗粪箱的作用是可以把狗粪与普通垃圾进行区别放置和处理，避免交叉污染，成本不高，却很实用，颇受养狗人的青睐，因此在香港路面上基本见不到狗粪。

清晨，你有时会看到政府的洒水车用高压龙头冲洗狗经常撒尿的树根和墙角，以免日久天长形成异味，招惹蚊虫。

允许遛狗的公园附近，还设立各种广告牌，提醒人们注意如何

/ 西 / 洋 / 画 / 框 / 中 / 国 / 心 /

与狗和睦相处。例如，人与狗相向而行时不要与狗对视；不要在狗面前做突然猛跑的动作；不要摸陌生狗的头。狗冲你走过来时不要惊慌，它们不过是想闻一闻陌生人的脚，待它们用鼻子闻过之后就会离去。这些小常识为附近居民，特别是儿童与狗的和睦相处起到了一定的积极作用。当然，也有发生意外的时候。一次，一个菲佣在路上遛两条大黑狗，不小心摔了一跤，碰巧一个行人路过，两条大狗以为是主人受到了威胁，不分青红皂白扑上去咬了那个路人，造成严重误伤，后来受害者闹上法庭，要求赔偿。

香港还有各种为狗提供的特殊服务，我曾见过一辆专门为狗洗澡清洁、化妆美容的大篷车游走于街道上，为附近的养狗户提供便民服务。在一些公园里还有专门的狗用厕所，路边的宠物用品专卖店更是随处可见，这些都保证了养狗爱好者的各种需要，也为人与狗的和谐相处提供了保障。

2007/06/25
太平盛世抢包子

"抢包山"是香港长洲岛的一个传统习俗，每年都会吸引不少游客前来观看。据说十八世纪初，长洲岛上发生瘟疫，死了不少平民，后来得到玄天上帝的指引，瘟疫才得以被制止。居民为了感恩，便扮成神祇在大街上游行驱赶瘟神，后来每年设立三座由包子搭成的山，供居民抢夺。五月二十五日，香港长洲"包山嘉年华2007"的"抢包山比赛"在北帝庙游乐场举行，我亲眼见证了这一热闹场面。

晚上九点半，我来到长洲。由于当天是特殊的日子，整个长洲岛的街道挤满了人。往常无人问津的小饭馆全部满座，人们推杯换盏，大快朵颐。每当一桌客人将要离去时，就会有游客站在后面等候，好像抢包山变成了抢饭桌，使人想起三十年前北京饭馆的景象。

晚上十点多，我来到北帝庙前，但见一个高约十四米的塔上挂满了包子，密密麻麻的，珍珠一般。比赛用的包山是由特殊的钢架结构筑成，外面用竹片覆盖。据主办单位介绍，包山底座直径为三米，上面贴有八千个仿真包子。街道上也有卖真包子的，名为"幽包"，是一种印有红色"平安"字样的莲蓉包，又叫"平安包"。根据传统的说法，当天晚上，抢摘包子的人越多，来年的福气就越好。

比赛吸引了149名市民报名参赛，经过激烈的选拔赛，最终选定12名选手参加当天的比赛。组委会用丝带将包山划分为高、中、低三个区域：高区有800个包子，每个九分，中区有2000个包子，每个3分，低区有5000个包子，每个1分。抢包子的时间是3分钟，在3分钟内拿到包子分数最多的为胜者。

25日零时，在传统的舞狮活动和鞭炮声中，2007年香港抢包山比赛正式开始了。随着一阵紧张的锣鼓声，夜幕中，小伙子们争先恐后地向上爬去，因为包山顶上的包子分数最高，大家都希望尽可能多地拿到上面的包子。很快，弹丸之地的塔尖上，瞬间就变得拥挤不堪，每个人都拼命地抓包子，然后扔进自己身后的背篓里。经过3分钟的激烈争夺，一个叫郭嘉明的人夺得冠军。其实，谁得冠军并不重要，如今抢包子的港人既不为充饥，也不全是为了幸运。对他们来说，"抢包子"是抢出一份来年的福气，一份港人不屈不挠、敢于拼搏的精神。

2007/06/30

胡主席的福气

这几天，香港的天气与香港人的心情一样，一种浓厚的、热烈的，甚至亢奋的情绪在心底里不断涌动。

2007年6月29日中午，胡锦涛主席来到了香港。说来也巧，在胡主席下飞机前，香港一直在下雨，接待方甚至已经做好最坏的打算，一旦雨不停，就把接待仪式改在室内。11:20，就在胡主席下飞机前的十分钟，香港骤然晴空万里，好像刻意安排好了似的。等胡主席刚上车离开机场，倾盆大雨翩然而下，接机人员好不庆幸。

无独有偶。翌日，胡锦涛主席视察驻港部队，一上午都是阴雨绵绵，又是在他抵达和视察现场的一个多小时前，天放晴了。等阅兵仪式结束，胡主席刚离开现场，倾盆大雨就来了，来不及撤走的部队全都淋湿了。下午，胡锦涛主席去香港马鞍山看望市民，突然又下起了大雨，正在大家担心的时候，又是在他的车队到达的片刻，雨势骤然减弱。一切何其巧合，真是天公作美。

但记者们可就没有胡主席那么有福气了。上午在驻港部队的大院里，胡主席走后，所有没来得及离开的记者都被淋成了落汤鸡，我也是其中之一，被浇了个透心凉，连鞋里都是水，每走一步，鞋里就"呱唧"响一声，回来后发现脚都泡白了。

2007/07/04
巧遇央视同仁

2007年，庆祝香港回归十周年的报道让我有机会在香港见到很多央视名人，其中很多是当年央视网站的著名博主。说来也巧，这些人不约而同一起来到香港。由于很多人之前从未谋面，互不认识，所以邂逅的过程颇为偶然，还有些小尴尬，回想起来，自己都觉得好笑。

第一个见到的是"老博客"梁迎利，以前只知老梁是技术部门的领导，为人谦和，没有架子，几近退休年龄，是个前辈。当时，我并不知道他写博客。转过天来，有人告诉我他也在央视网站开有博客，我半信半疑，急忙上网查看，果然发现，老梁不仅开了博客，而且比我还早三个月。后来一次偶然的机会，在湾景酒店的大堂里看见他坐在一个桌子前敲电脑，神情专注，旁若无人，走近一看才知他是在发博文。博客是年轻人的爱好，老梁不仅开了博客，还忙里偷闲，结交网友，令我颇感诧异。

第二个偶然是见到姬缘。以前看过他的图片博客，由于其名很特别，所以留有印象，那天偶然看见来港人员名单里有个叫"姬缘"的，便下决心一定要结识一下。后来一晚开会，坐我右边的是个小伙子，帅哥级别，一开始没在意。休息时突然想起应该找一下姬缘，就轻声问帅哥："你知道哪位是姬缘吗？"那人很诧异地看了我一眼说："你身边的就是啊！"我顿觉唐突，急忙起身道歉，自报家门，与他握手，当时有种一见如故的感觉。

第三位是任永蔚。她当时是央视四套著名的出镜记者，在新闻界小有名气，但我初次与她见面时也闹了笑话。那是在驻港部队十周年发布会上，我挨着任永蔚坐，并没有认出她来，谈话间只知道她是四套的同行。东拉西扯聊了半天，我便掏出名片与她交换，换完也没注意看，回到宿舍才发现我见到的是个央视名人，好不惭愧。

第四位的腕儿更大——央视著名主持人刘芳菲。那天是7月29日，在香港红磡体育馆，我和同事去采访她。去前，同事告诉我采访对象叫刘芳菲，是个央视名博。我以前没见过她，对她知之不多，印象中她是个有文化底蕴的主持人，讲起话来条理清晰，儒雅大方。后来得知，芳菲是非常有名的主持人，而且是央视网站名副其实的"博客王"，点击率529万多，后来发展到数千万。事后，有同事笑话我不像台里的人，什么都不知道。

之前我负责协助四套的记者采访，所以经常见到鲁健，但一直没机会合影。3号上午送四套的人去机场，我提前带好了相机，决心一定要和鲁健照张相，并在同事的帮助下终于找到了他的房间，如愿以偿拍了张合影。

下午，我又送新闻频道的人回京，在君悦酒店大堂里巧遇罗京。虽然是十多年的老交情，在台里经常见面，本来没有合影的冲动，但一想到他乡遇故知，便不管人家觉不觉得怪异，二话不说，拿起相机要求合影。转过年来，罗京去世，看着当年的照片，心里百感交集。

2007/07/08

帅气的法国水兵

　　法国军舰什么样？法国水兵什么样？军舰上有没有女兵？头些天，不仅是我带有这些疑问，很多香港市民也怀着这种好奇的心理。6月20日，人们冒着烈日，来到香港的海港城外，打着旱伞，排着长队，在烈日下耐心地等候参观法国军舰。

　　香港位于太平洋水域重要通道，所以经常有各国军舰路过这里进行休整。2007年6月17日，一艘法国的军舰停靠香港的维多利亚港。由海军少将、法国印度洋海军三区司令雅克洛奈指挥的法国补给指挥舰"瓦尔"号抵达香港，进行为期一周的休整和补给。该舰在港停留期间，对香港公众开放，供市民参观。之前也经常在新闻里看到外国军舰来香港停留，但总没机会亲眼游历。外国军舰在香港停靠后，总喜欢大搞亲民活动，每次都向市民开放，允许免费参观浏览，这也是我来港后第一次赶上外国军舰访问香港。

　　终于登上了军舰，第一感觉就是法国水兵——漂亮。小伙子们各个身材高挑、白里透红、面带微笑，猛一看文质彬彬，丝毫不是想象中那种黝黑粗野的大兵哥形象。女兵在入口处耐心维持秩序，男兵在甲板上转来转去，不断地被游客邀请合影留念。由于想合影的人太多，经常还要排大队。有趣的是，船头甲板上居然还有兜售纪念品的小卖部。看着人们争相购买T恤衫和纪念章，感觉好像置身一艘豪华游轮，时常怀疑身后用帆布覆盖的军用直升机都是道具。

想不到和平时期的"文明"与战争时期的"野蛮"，这两个截然不同的东西竟可以和谐共存。自古以来，就没人能说得清楚，是文明战胜野蛮，抑或野蛮战胜文明。当野蛮借助文明，就可以摧毁文明，但历史上，文明有时也必须借助野蛮来战胜野蛮，就像孙悟空要想战胜妖精，就必须具备妖精的诡计和魔法。难以想象这些温文尔雅、英俊潇洒的法国水兵在战事发生时，会是怎样一副神情。

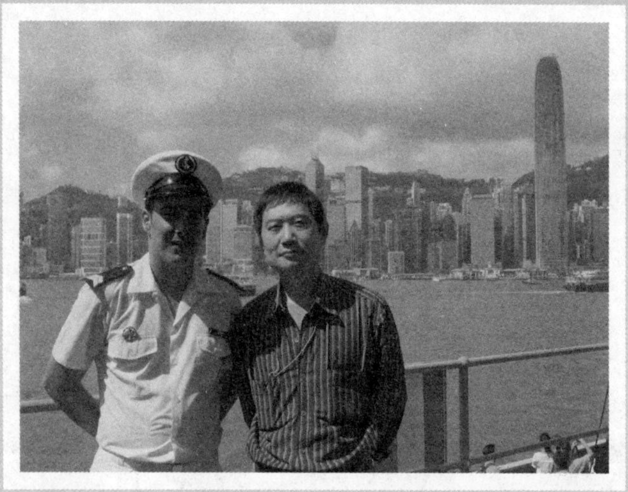

2007/08/02
美女是怎样练就的

一年一度的香港小姐终于产生了。尽管大家对结果见仁见智,但由于2007年是香港回归十周年,所以本届港姐的选举别有意味。

首先,参赛选手众多。十年来,港人经历了各种挑战和磨练,凭着永不放弃的精神,走过风风雨雨,漂亮地重振了东方之珠的声威。一批移居海外的港人重返故土,包括部分移居海外的佳丽也纷纷回潮,参加港姐选举,使得这次选举异常激烈,增强了可观性。

其次,过程烦琐。最后入围的十六位佳丽必须经过各种训练,包括太极、跆拳道、体操、自行车、攀岩、游泳、排球、舞蹈、心理素质等,历时四月余,可以说,每人都是历经了多种磨难和锤炼,有的女孩累得花容失色,可见,美女也不是那么好当的。

再有就是颁奖仪式场面特别宏大。颁奖典礼是在香港红勘体育场举办,整个场景气势恢宏、华丽无比,布景、灯光、音响、服装、道具、化妆都很讲究。其中"天外飞天"的动作设计,是让两个美女行走在一块立着的玻璃板上,创意独特大胆,形式新颖。表演过程扣人心弦,可视性极强,令人拍案叫绝。泳装表演环节中,设计者巧妙地使用大屏幕作为背景,播放瀑布流水,并配上击水的音响,在精心营造的水世界背景的衬托下,众佳丽披着透明的

轻纱，飘飘欲仙，显得妙曼而自然。姑娘们显然训练有素，舞蹈动作整齐划一、有条不紊，在进场和表演的过程中准确踩着音乐的节拍，款款而行，轻歌曼舞，专业而专注。

香港小姐的选举从1946年开始，至今已经有六十一年的历史。很多著名影星都是从港姐的舞台走上银幕或歌坛的，如著名影星张曼玉是1983年的港姐亚军，1977年的冠军和最上镜小姐朱玲玲风光嫁入豪门，成了名媛。对于众多普通人家的女孩来说，香港小姐的选举是她们一夜成名的绝好机会。

/ 西 / 洋 / 画 / 框 / 中 / 国 / 心 /

2007/08/08

意外的家乡味道

2007年7月10日,驻港部队在香港海域举行联合搜救演习,我乘驻港部队的导弹护卫舰出海,随同报道。由于是第一次登上中国人自己的军舰,显得格外兴奋。

那天天气怡人,一望无际的蓝天飘着朵朵白云。但好天气对乘客来说不一定是好事,海面上反射的阳光显得格外耀眼,晃得人睁不开眼;甲板上更是被晒得发烫,没处躲没处藏。那次采访回来后,我的胳膊脱了三天皮。

记得当时军舰的船速很快,感觉在五十海里以上,加至海面风力极大,站在甲板上要紧紧抓住扶手才能站稳。由于船速过快,后面船尾的螺旋桨掀起的浪花足有一米多高,长长地拖曳在后面,猛一看,似乎与天边的白云交接在一起,非常壮观。在电影里见过的机关炮如同两根黑色的龙须高昂着,伸向天空。阳光下的炮筒看起来冷冰冰的,但用手一摸却有些烫手,虽然炮口上封着红色的盖子,但仍然能够感觉到它隐约之中透出的咄咄杀气。

登舰后我被安排坐在餐厅里。从进入的那一刻起,旁边厨房里就传来阵阵饭香,那是一种非常熟悉的、久违的北方饭菜的味道。我是北方人,来港已经半年多,根本吃不惯当地的饭菜,突然闻到

这熟悉的饭味,感觉格外亲切。

透过小窗户向厨房里张望,房间不大,大概五六平方米的样子,只见一个浑身湿透的战士站在炉灶前,认真翻炒着什么。地上是大葱和各种蔬菜,另一边的案上摆着一盘面食,定睛一瞧——嘿,分明是一盘煎饼!一卷一卷整齐地放在盘子里,冒着热气,馋得我口水几乎决堤。

中午,我们完成拍摄任务,那小战士还在蒸笼般的屋子里做饭,汗珠子噼里啪啦往下掉,看得我心里过意不去。为给我们做饭,人家辛苦了一上午。后来听说他曾经接受过白岩松的访问,早就是"知名"人士了。

回想那天军舰上的饭菜,感觉格外香,全是我这个北方人爱吃的菜,由于精神过于集中在吃上,时间过得很快,以至于回来一个多小时的路程一晃而过。记得当时自己分明还沉浸在饭菜的余味中,船长就通知我们,军舰已经返回码头了。

2007/08/13
独家采访奥委会主席罗格

"好运北京:香港回归十周年杯"马术比赛于2007年8月11日在香港上水双鱼河会所进行了越野赛的项目。国际奥委会主席罗格先生冒雨亲临场地观看赛事,机缘巧合,我有幸得到了一个特殊的机会,在休息室里独家采访这位大名鼎鼎的国际奥委会主席。

事前我们知道罗格先生将来赛场视察,便做好了采访的准备。上午十点左右,罗格先生准时莅临,但接洽单位却表示不便打搅主席,仅让我们隔着桌子在远处拍摄其与会的镜头。我当时倍感失望,香港即将举办奥运马术比赛,深度报道奥委会对场地的评价显得颇有价值。后几经交涉,对方终于答应尽量协调。

视察完场地,罗格先生回到休息室。我还是只能望其身影不能靠近。突然,他朝我这边看了一眼,站起身,离开桌子。我的心一动,觉得机会来了。虽然接洽单位答应我们采访罗格,但是否成功并无定论,既然现在罗格先生已向我走来,机不可失,我当机立断举起话筒准备采访。慌乱之中,也忘了先向对方问好,握了握手,就直接提问。

罗格先生果然名不虚传,身材高大,相貌英俊,握手时能感到他的手掌宽厚有力。他的双眼深邃,目光锐利,神似好莱坞的电影明星。当被问到对香港马术比赛场地的印象时，他交口称赞，认为香港的马术场已具备国际水准，他非常满意。他回答问题时简洁明了，绝不拖沓，所以采访过程非常短暂。我反复询问对方对场地建设还有什么建议，试图打探一些内情，但罗格先生始终坚决地表示比赛场馆无懈可击。

采访结束后，他又走出休息室，在众人的簇拥下，继续缓步绕场巡视。远远看到他居然戴了一副墨镜，乍一看，俨然007莅临。同行们得知我独家采访了罗格，无不羡慕地看着我，有人向我打听罗格都说了什么，我则木呆呆地站在那里，竟然一个字都回想不起来了。目送着那位资深帅哥远去的背影，感觉刚才那几分钟的接触如同做梦。

每位记者的采访生涯都有那么几次幸运，采访罗格就是我的一次幸运，那条新闻后来被当天的《新闻联播》选中，单条播出。

西 洋 画 框 中 国 心

2007/08/17

香港的另一面：洋乞丐和廉价市场

来港已半年余，日子久了，发现此地除了繁华的街道和喧闹的商贸外，还有一些鲜为人知的方面，这里不妨换个角度说说香港。

香港有美轮美奂、摩登至极的维多利亚港湾，也有窄得仅供一人行走的小胡同；有三百多块钱一位的高级自助餐厅，也有四块钱一根油条的路边茶餐厅；有一掷千金的豪客，也有露宿街头的流浪汉，这些乞讨者中甚至不乏白人。那天，我在天星码头就遇见一位。

那位"艺术大师"般的乞丐，留着金色的披肩长发，上身穿一件笔挺的米黄色西服，潇洒大方，举止不凡。他的小提琴拉得非常专业，加之设备好，扩音器质量高，在寂静的海港边，琴声显得悠扬动听，竟引得众多美女争相付钱，并要求与之合影，让人觉察不出他是一个乞丐，毫不寒酸，不过是个艺人而已。

香港也有卖烤白薯的。北京人爱吃烤白薯，大街上卖的人也多，但北京的卖家大多是无照小商贩，见着工商城管就跑，而香港卖家虽然人数不多，但都有固定的摊位和执照，可以堂堂正正地卖，用不着东躲西藏。而香港的油条不仅贵，且只在普通茶餐厅才能见到，不限时段，却没有北京人爱喝的豆腐脑，只有白米粥。

香港也有散发小广告的，大街小巷俯首皆是，越热闹的地方越多，但内容与内地的有所不同。广告多是饭店和服装店的，不像北京都是房地产的。可见，一种广告形式和内容的存在与其市场环境有着极大的关系。香港是个消费型城市，人们更看重衣食住行，相比之下，北京更像个投资型城市，不动产业让人觉得更踏实。

香港也并不是什么都贵，也有内地来的便宜货。在九龙油麻地的某条小街，整条街的东西都很便宜，一个手电筒十元，一把菜刀十五元，皮鞋几十元一双，一看就是内地货。在湾仔的繁华地带，也有十元店，各种日杂应有尽有，有的比内地还便宜，让我后悔当初为什么千里迢迢从北京带来那么多乱七八糟的东西。

其实，香港也有很多穷苦人，每天为解决温饱而奔波，因此，如此廉价的货品自然也颇有市场。在香港待得越久，看到的和感受到的也越客观、真实，欣赏繁华的表象之余，也多了份淡然与平和。

2007/08/23

香港的"花花世界"

香港气候湿润、温和，是个适宜花木生长的好地方。

港人爱花体现在生活的方方面面。街道里，大大小小的花店随处可见，我们办公楼对面的那家花店据说月租二十多万，但照样赚大钱。

走在大街上，你可以看到居民的窗台上也布满各式各样的盆栽花卉，绚丽多彩的组合与搭配展示出不同主人的情调和品位。

每年，政府都会举办各种大型花卉展。2007年春天，我参观过一个由二十多个国家参加的国际花卉展，当时参观的人数高达五十万。参观者除了可以欣赏到造型秀美、色彩艳丽的花卉，更可观赏到来自世界各地的园林景点及花艺摆设。

展览现场还可看到很多艺术院校的学生，他们坐在花卉前，三五成群，神情专注，埋头写生。更有无数摄影爱好者举着长短焦镜头，穿梭于花团锦簇间，寻找着自己的最爱。写生的学生可能不知道，在他们专心致志、如饥似渴于花丛中追寻芳踪之时，自己已是人家取景框里的点缀了。而另一个摄影师可能不知道，自己无意间又被其他的拍摄者选中，成为另一张照片的背景。花海交织着人海此起彼伏，相映成趣。

/ 西 / 洋 / 画 / 框 / 中 / 国 / 心 /

置身于如此仙境,真正体会到何谓"秀色可餐"。本来嘛,来的人就是为赏花而来,何况,有这种闲情逸趣的香港市民是有品味的、幸福的。

2007/09/05
从容献血的美女战士

2007年8月31日,驻港部队举行义务献血,并首次邀请当地媒体参与报道。献血的官兵中最引人注目的是那些女战士,个个眉清目秀,唇红齿白,引得记者们蜂拥而上,将她们团团围住,没完没了地提问。

在男女平等的时代,女战士献血本不足为奇,但驻港部队本来就几千人,这次一共选出四百多人来献血,女战士更是凤毛麟角。

经打听才知,有些女战士已是二次献血了。据官兵们讲,驻港部队献血完全是义务的,没有任何补助,但报名时大家还是争先恐后,相当踊跃。

内地的女孩子也都是家里的掌上明珠,长得漂亮些的不是忙着考艺校,就是忙着谈恋爱,相信很少有人想到献血吧!可这些姑娘一旦进了部队,绝无骄娇二气,意志不输男儿。这是部队的骄傲,也是香港的骄傲,更是祖国的骄傲。

驻港部队担负的使命非常特殊,在香港特区驻军,可谓"身在资本主义,心在社会主义",这在人民解放军历史上是开天辟地的大事,没有任何经验可循。由于环境特殊,军地关系也非常特殊。根据香港《基本法》和《驻军法》的规定,驻军与特区政府在行政

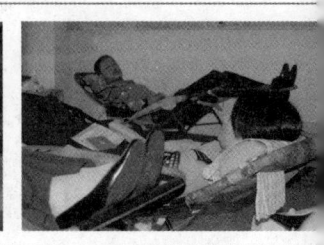

上互不隶属、互不干预，但在实际工作中又需要互相尊重、互相支持；部队官兵既不能与香港市民随意联系和交往，又要发扬亲民爱民的优良传统，因此，每年一次的义务献血就是驻港部队展示自己形象、提高部队威望的良机。

2007/09/10
打劫不为抢钱

2007年1月31日凌晨1时，香港发生了一件怪事。尖沙咀汉口道的一个小店内，突然闯进一个老大爷，声称打劫，但"劫匪"既不抢钱，也不夺物，而是让店员立即报警，将其逮捕。女店员一看这位蓬头垢面、不修边幅的老大爷就乐了："大爷，别开玩笑了，打劫可要坐牢的啊！"大爷一听"坐牢"两字，眼前一亮，还怕人家不信他是打劫，随即从塑料袋里拿出了一把长约六寸的水果刀晃了晃。女店员无奈，只好按响了警报器。等候警察到来期间，老大爷还不断催问女店员："你到底报没报警啊？"弄得对方哭笑不得。

原来，该"劫匪"系孤寡老人，名叫曾永安，今年七十九岁，之前住在某难民所里。案发前，他因嫌难民所太热，住着不舒服，跑到街上露宿，结果与社保机构失去联系，错过了当地社保机构的定期复查手续，被停止作为服务援助对象，后虽反复向社保人员解释都无济于事。他只好流落街头，一个月后，实在饥肠难忍，走投无路，才决定出此下策。半年多后，香港法庭宣告被告人所犯的是刑事恐吓罪，属严重罪行，按理判处监禁，但考虑到被告只是一念之差，情况特殊，故酌情予以从轻处理，将其送回当地养老院。

当地媒体认为，该事件的发生是由于当地社保人员人手不足，工作又缺乏灵活性导致。据统计，全港约有十万名像曾大爷这样的独居老人，部分人员没有自己的电话，与邻居关系欠佳，多属于隐蔽长者，很难联络并掌握他们的情况。曾大爷就是其中之一。

其实，明眼人一看便知，曾大爷打劫是为了引人注目，尽快解决温饱问题，只不过方式欠妥，行为过激。问题是，假如曾大爷打劫后，真被法庭判监入狱，那就惨了，不仅养老金要不回来，恐怕连老命都保不住，可见，此招风险太大，不值得推广。想到此，人们一方面为曾大爷感到庆幸，另一方面又不得不佩服这位老先生的勇气，人在绝境下真的是会铤而走险的，往往会萌生出难以置信的蛮力。

2007/09/15

喜欢挑战的香港人

香港乃国际都市，各种稀奇古怪的活动都有。2007年9月15日，规模最大的城市历险竞赛在香港的数码港拉开序幕，来自世界各地的三百多名选手参加了比赛。他们共同经历了几个小时的身心与意志的双重挑战，有些过程可以说是冰与火的考验，整个比赛惊心动魄，充满挑战。历险竞赛以两人为一组，开始时每队得到一张提示卡，详细列出挑战赛各项体力、智力和有趣的考验内容。比赛的内容共有十七项，参赛者只要通过十项以上的活动即可返回终点。活动包括建筑物速降、洗冰水澡、吃辣椒、骑自行车、智力测验等活动，其中尤以洗冰水澡最具挑战性。

按照规定，每队选手必须有一人跳进冰冷的水箱，抓取一定数量带有英文字母的瓶盖，才能过关。这也是整个活动中最具挑战性的内容之一，有时选手们一次抓不全瓶盖，不得不反复沉入带有冰块的水中。香港的气温高达三十度，但是冰水箱估计只有五六度，实在太凉了，入水者被冻得直打哆嗦，有的还大声尖叫，上蹿下跳，十分狼狈。期间，还有人不断往冰箱里加冰，那架势好像不冻出个病不算完。还有一个项目是要求其中一名队员必须吃掉两碟带有辣椒的小菜，想来，那滋味也不

怎么好受。

　　参赛的队伍要在四至六小时内完成比赛，他们要想尽办法前往遍布香港的挑战点，不论跑步、步行抑或使用公共交通工具，唯独不能乘坐出租车。路上，他们可以致电家人或朋友求助，也可使用互联网求助陌生人。总之，最先完成赛事要求，冲过终点的队伍获胜。最后，香港本地选手吴俊霆和黄伟建组成的小队以两小时五十九分的成绩获得第一名。

　　香港特殊的历史地位和环境，使得它可以接受和容纳来自任何地区的规则和游戏，这也是香港生生不息的动力。

2007/09/23

赴宴的耐心

香港人经常举办聚会，动辄就是上千人参加的大型宴会。所以，港人吃饭只是个借口，重要的是借吃饭这个由头办事。正因如此，他们的宴会时间一般都拉得比较长，与会人员要做好充分的思想准备，千万不能急。

香港人吃饭前会有很多仪式和程序，一般是由迎接嘉宾入场开始，全体起立，鼓掌欢迎，有时还吹英格兰风笛。入座后的第一件事是隆重地介绍嘉宾，主礼人必须将每个有身份的人介绍周全。

再次落座后，先是主办方讲话，然后是嘉宾致辞。不管谁发言，开场白一定是"尊敬的××"。每个有头有脸的人物都要顾全周到，然后就叽里呱啦说个没完。八到十人讲毕，一小时已过，听者已经饥肠辘辘，坐立不安。这时，还没有完，最重要的一个环节是赠送纪念品。接受纪念品的人，有的是获奖者，有的是赞助单位，还有的是毫不相干的尊贵来宾和长者。遇上这种场合，你仍然要耐心地等待，因为有时受领人数高达上百人。纪念品通常是一块刻有文字的有机玻璃，有时是一个简单的证书。很多有地位的人经常出席各种会议，家里的纪念品多得没地儿放，只好腾出一个房间专门安放这些礼品。还有时，双方要互赠纪念品，即客人也要赠送主人纪念品。最后，主要与会者上前合影留念。赶上一个宴会要办两件事情,那可就倒霉了,因为以上的程序可能还要重复再来一次。

如果您实在百无聊赖,可以利用这个时间与附近的人认识一下,交换名片,互相介绍等。当然,正式开饭前,两个小时肯定已经过去了。

终于等到开饭——别急,桌子上一般有奖品,大家先抽签,然后根据抽到的号码领一份奖品,其价值因宴会档次不同而定。吃到一半,发现菜品不上了,还是不能急,这或许是另一次抽奖活动或表演节目的时间到了,你只能暂时放下筷子,耐心等候。有时,一顿饭要被这样的插曲打断好几次。因此,在香港吃饭势必学会一心二用,即一边吃饭,一边注意听着台上之人叫中奖人的号码,经常是宴会上吃的什么东西,事后完全想不起来。

眨眼之间,几个小时就过去了。在香港赴宴,如果中午去,一般下午四五点钟才能结束,晚上出席,那肯定要耗至夜里十一二点后才能回家。

顺便说一下,上次我的一位同事因实在饿得难耐,菜还没上,半截就回去吃方便面了。

2007/10/01

再说"叮叮车"

前文有述,香港的有轨电车俗称"叮叮车",是一种大众化的交通工具。此车外形看似简陋,车内亦无空调,走起来"咣当咣当"响。香港的夏天很热,坐在车内往往大汗淋漓,而且车速不快,慢慢悠悠,更谈不上舒适,但香港人很爱它。

一方面,"叮叮车"所经路线大多是香港岛重要的商业和金融中心;另一方面,车费非常低廉,每次只需两元钱,就可以从始发站坐到终点。

也有一种说法,认为"叮叮车"是为香港工薪阶层和低收入者设置的专车,有钱人坐它会被人在身后戳脊梁骨。一次,一个生活优裕的人从购物中心出来,背着刚刚买来的高档名牌商品挤上"叮叮车",恰好被某记者看见,竟然被拍了照片,还在报纸上发表了,并加以文字讽刺:如此有钱人还跟穷人抢"叮叮车",云云。

二十世纪八十年代,北京也有一种低收入者坐的出租车,俗称"面的"。"面的"的优势在于便宜,十块钱能坐十公里。有"面的"的那个年月,低收入者也可以跟大款似的出门就打的,不管拉人还是装货,想去哪儿就去哪儿。那时候,买彩电或洗衣机这样的

/ 西 / 洋 / 画 / 框 / 中 / 国 / 心 /

大家电,"面的"都拉得下。当时汽车还很贵,很多人买不起,但因为有"面的",人们也不必非要买汽车,实在是因为"面的"太方便了。当然,"面的"也有弊端,如车速慢、没空调、不安全、舒适度差、有碍市容等。1998年,北京出租车行业痛下狠心,将此车全部淘汰。

如今,北京的出租车越来越高级,可回想起来,我还挺怀念当年的"面的"。在那个私家车尚属奢侈品的年代,"面的"的确帮助那些低收入者解决了生活中的实际困难。其实,现在香港的有轨电车上还经常可见西装革履之人,人们坐"叮叮车"图的就是方便,管他别人说什么呢!

2007/10/05
讲规矩的时代

休假了，终于回到阔别已久的北京城。由于半年多没在家，积攒了很多需要处理的杂事，整天外出，跑来跑去，没有一天空闲。忙碌之中，遇见的一些小事隐约让我感到自己的行为或多或少已经受到港人的影响。

首先是过马路时比过去有规矩了。每到路口，必先看灯，非见绿灯才敢挪步，后发现身边之人对红灯视而不见，大摇大摆随便走，才恍然大悟：时过境迁，这里不是香港。在香港，过马路、走斑马线一定要看灯，就算没警察，也是人人自律。此外，香港的车都开得飞快，即便在路口，只要是绿灯，司机都会猛踩油门，高速穿行，毫不犹豫。站在飞车疾驶的路边，恐怕你就是有胆都寸步难行。

乘电梯时也有不同的感受。在购物中心，自己每次踏上扶梯的瞬间，就下意识地靠右边站立，已习惯成自然。在香港，人们乘扶梯通常都自觉靠右，以便把左边空间留给着急赶路的人。虽然无人要求大家必须这么做，但是整个社会似乎已约定俗成，习惯性地如此行事。

开车时，我更是感触良多。在北京大街上，强行并线的、乱掉头的、乱停车的随处可见，还涌现着各种霸王特权车，千奇百怪、眼花缭乱。在津塘高速路上，一些大货车长时间占用超车道，一些小车则不断从右侧的紧急停车带强行超车，看得人心惊肉跳。我甚至怀疑自己的胆子是不是变小了，要是在香港，你借我一个胆儿，也是不敢的。

香港是个循规蹈矩的城市，处处都得加以小心。不仅乘公交要自觉排队，乘地铁时更是规矩多多，有关罚款的条例不胜枚举。在地铁站，若不按规定乱上车、夹塞儿、吃东西、吸烟，哪怕是大声喧哗，都要被罚款。有一次，我在香港一停车场停车，不小心停在人家的一个固定车位里，出来后被罚了好几百，同事还揶揄我："这下让你也知道知道什么是法治社会。"

其实北京也有很多规矩，但有些规矩就是实行不起来，或者说，这些规矩的伸缩性比较大，要不就是这些规矩没有被有效地监督执行，总之，有些规矩形同虚设。在这个精神文明与物质文明并重的时代，规矩是构建和谐社会必不可少的一部分，正因为规矩的有效实行，方能使我们每一个人都随时随地地"加点小心"。

2007/10/15
国泰航空的一次亲密活动

2007年10月24日,香港国泰航空公司以新接手的一架波音777-300ER客机搭载了一班特邀的乘客,他们是来自香港东涌的居民,共170余人。

这些居民来自50余个不同家庭,年龄差距很大,由3岁到77岁不等,且大部分人从来都没坐过飞机。原来,这是国泰搞的一次与当地居民密切接触的社区服务活动,说白了,就是免费让当地百姓坐一次飞机,而且出动了国泰最好的飞机。

在国泰集团工作的18800名员工中,约10%居住在香港的东涌,相当于社区总人数的3%,加之公司所在地也在东涌,平时少不了麻烦当地居民,所以,国泰对东涌的居民情有独钟。作为航空公司,也没什么更好的报答方式,这次请乡里乡亲、老少爷们儿坐趟飞机,也算尽了一份心意。

波音777-300ER客机的造价是2.8亿美元,机舱内共设有301个座位,其中6个头等舱、57个商务舱和238个经济舱。载客的这架飞机是国泰刚刚更新客舱的新概念飞机,其中尤以商务舱最有特点:每个座位都由单独的小格子组成,倾斜着面向过道,强调客人的个人空间,使客舱更具私密性、舒适性。其余设施也更具个性化和自主性。每个座位内有一个可以自由伸缩的床，长81寸，宽36寸。座椅可以由电动按钮自如调节，脚下还专门设有一个三角形的小凳子，打开的座椅与小凳子连在一起就是一张空中卧铺，舒适无比，而且座位一律采用封闭式靠背设计，放下座椅时，绝不会对后面的乘客造成影响。

以前，我也没坐过高级的商务舱，这次有幸沾东涌老乡的光，试乘一次，感觉很新颖。

靠在舒适的沙发上，望着窗外银色机翼下徐徐划过的蓝天白云，非常惬意，恍惚之间，甚至分不清自己是躺在机舱内还是荡漾在白云中。

此外，每个座位内还有一个折叠液晶电视，乘客可以享用多达50部电影、100个电视节目频道、160首数码音乐、22个收音机频道，以及96个电子游戏，是真正的新一代飞机。国泰把商务舱的比例调整到57个，相信他们对商务舱的销售前景亦非常看好。

东涌的乡亲们也不客气，在机上大口享受着空中的免费午餐，体验着先进的娱乐设施系统，一路欢声笑语，将近两小时的飞行时间愉快又舒适。特别是降落的时候，着陆的一瞬间非常平稳，毫无颠簸之感。

一个地区富裕了，企业做点善事回馈相邻，不仅显得慷慨，还富有人情味。何时北京的国航也能让顺义的乡亲们免费坐趟飞机？当然，也一定要找那些从没坐过飞机的乡亲呦！

2007/11/09

兰桂坊探"鬼"

听说每年万圣节的时候，港岛的兰桂坊都热闹非常。2007年10月31日晚，我决定去一趟兰桂坊，探探香港的"鬼"。

出门时，门房老王听说我要去看"鬼"，深情地同我握了握手说："再见了，这可能是咱们最后一次握手。"我们相视一笑，虽然我也知道他是在开玩笑，但转身的片刻，我的脊梁骨还是生出一丝凉意。

晚上八点半，我来到兰桂坊。由于闹"鬼"的人太多，当天警察格外密集。我预感到晚上必定非常拥挤，果然，离兰桂坊酒吧街还有五十米的时候，人流开始稠密起来。我见到的第一个"鬼"是一家餐厅门口挂着的吊死鬼，这种伎俩只在特定的日子才能用来招揽顾客。

越往里走，"鬼怪"越多。各种造型的鬼脸、各种身段的"妖魔"云集于此。九点以后，魑魅魍魉、牛鬼蛇神纷纷登场，有西方的吸血鬼、中国的画皮鬼，有杀人不眨眼的魔鬼，有恐怖电影里的连环杀手，有青面獠牙、赤发红颜的怪兽，有独眼龙海盗，有埃及木乃伊，也有破相毁容的伤心女子。他们游荡在人群中，时而留步张牙舞爪，时而驻足搔首弄姿，煞是恐怖，搞得整个兰桂坊鬼里鬼气，活像一个"人间地狱"。然而，就在这黑色恐怖的环境里，人们却喜笑颜开，纷纷与最恐怖的"鬼"合影留念。

这完全是一个比扮相、比恐怖、比效果的舞台。每当有精彩的表演者走来，人群就爆出一阵喝彩声，接着闪光灯齐发，照相留念之人一拥而上，将"厉鬼"围个水泄不通，直到警察过来驱散，人们才悻悻离去。

酒吧内也是"鬼"影憧憧，服务员都是一身鬼扮相，喝酒的客人更是鬼头鬼脑。有个长得极丑的人，冷不丁从鬼影身后闪出，根本不用化妆就已经很像鬼了，完全是人间活鬼，吓了我一跳，可惜没来得及给他拍照。很难想象，如此尊容在平日里如何度日？难道也是这样招摇过市？

半小时后，我终于挤出人群，才发现"鬼怪"们还在源源不断地涌进兰桂坊。汹涌的人流望不到头，偶有精彩的"鬼怪"路过，引发人流拥堵，警察便过来及时疏散。

回家路上，我仔细回味这段短暂的经历，不禁哑然失笑：这世界就是因多彩才有趣。

2007/11/17
在香港实现心愿的苏州小姑娘

故事的主人公是一个叫姚珠的苏州小姑娘。她八岁开始跟妈妈学刺绣，今天十二岁，算来也是有着四年绣龄的"老"绣工了。一天，她突发奇想，寻思着给香港的大熊猫"盈盈"和"乐乐"做个刺绣，然后送给香港的海洋公园。

六个月后，她终于完成该作品，却苦于无法与海洋公园取得联系。恰好央视《欢乐中国行》节目在苏州取景，其中一项内容是帮助当地一个普通人完成一个心愿，于是，小姚珠的心愿就被栏目组列入他们的助力计划。

2007年10月18日，我们央视驻港记者站接受《欢乐中国行》节目的委托，专门送小姚珠去海洋公园，助其将自己绣制的作品当面交给公园，并记录下了整个过程。

在熊猫馆门口，一个海洋公园的小姐姐高兴地接过姚珠的礼物，并带我们参观了一下内馆。熊猫馆的设施非常豪华，墙壁上设有中央空调，完全模仿自然光效果。馆内的陈设极尽自然界的真实景象，地面有假池塘、石板饭桌和树枝搭成的睡床，地上还随意散落着几堆零散的竹子。可惜两个小熊猫正在睡觉，看不到它们的正脸。饲养员告诉我们，它们刚刚吃完早饭，正在打盹呢。

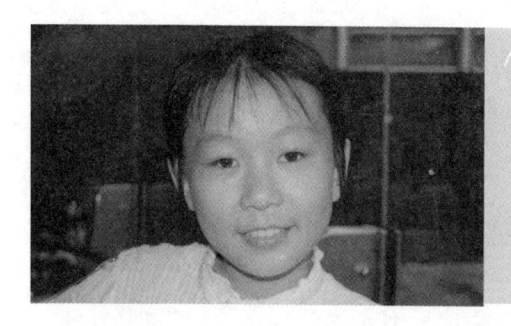

/西/洋/画/框/中/国/心/

　　为不惊动它们，我们悄悄隔着玻璃观看，大气都不敢出，生怕搅乱了它们的美梦。但当我回过头来看小姚珠时，才意识到真正进入美梦的是她。孩子的脸上充满了兴奋、满足的幸福神情。小小的她许了个心愿，就恰好实现了。我一方面为她高兴，另一方面也不敢打扰她，此时的她显然沉浸在自己的梦幻世界里，有谁忍心去惊破一个孩子的童话世界呢？

　　眼前的熊猫馆是模仿自然界设计的，但做得再逼真，设施再完备，也是虚假的，而姚珠的世界却是真实的，虽然她的小心愿并不恢宏，却是孩子心目中最美丽的。我相信，这一天会永远定格在她幼小的心灵深处，并享用一生一世。

　　每个人都有童年，每个人也都有童年的梦想。小姚珠能实现心愿固然有其幸运的一面，但至少她大胆尝试了，表达了，才有了机会，可很多人连许愿的勇气都没有，甚至不如一个孩子。

　　作为一个成年人，我不禁羡慕起这个孩子来。这个世界上有多少人一生都没有机会实现自己的心愿，又有多少人直到人生暮年还在遗憾，没有实现自己许过的心愿，因为他们从来都没有尝试过。

2007/12/01
驻军轮换不扰民

2007年11月26日0时，香港驻军进行一年一度的轮换。25日11点30分，我们一行记者准时来到落马洲口岸内，等候轮换进港的部队。首先是陆军部队的轮换。

0点10分，车队浩浩荡荡开进关口。虽然对驻军来说这已经是第十次轮换，但对我来说，还是第一次亲眼见证解放军部队进港的场面，不免心情激动。

一辆接一辆的军车缓缓驶入关口，没有喧闹的锣鼓声，没有欢迎的人群。一排部队的首长站在关口内，向入关的军车行礼。为了不扰民，驻港部队没有要求当地警察给予特殊照顾。虽然是深夜，但可以看到香港的道路并没有实行戒严，也未在任何路段实行限行，民用车辆照常行驶。显然，部队不想对香港的正常交通造成任何影响，他们希望和普通的香港车辆一样静悄悄地行驶在当地的高速路上。要不是后来有几辆装甲运兵车驶进来，还真让人感受不到这是一支庞大的部队车队。在九龙的高速路上，我们追上了驻军的车队。卡车没有挂帘，从后面可以清楚看到运车厢里的士兵，均整齐、安静地坐在里面，目不斜视，举止端庄，没人交头接耳，一看就是一支训练有素的队伍。

由于第二天还要举行空军和海军的交接仪式，记者被安排在石

岗的军营住了一宿。第二天醒来才发现，原来这军营的院子非常漂亮，依山而建，鸟语花香，绿草如茵，静谧祥和。据说还是当年英军的基地，想到新来的战士即将在环境这么优美的军营里服役一年，真的很为他们高兴。

上午9点30分，我们来到驻军的一个小型机场，等候空军的交接仪式。我一眼便认出已来到现场的驻军司令员王继堂中将，便灵机一动，要求合影，司令员欣然同意，没想到这下引来了许多记者，争相与其合影，广场的气氛顿时轻松许多。

10点钟，空中隐约传来阵阵马达轰鸣声，空中出现了六个小黑点，慢慢地，轰鸣声越来越大，一瞬间六架直升机从天空冒出来，快速向我们飞来，眨眼之间，第一架飞机已在我们广场对面降落了。简短的交接仪式后，轮换离港的飞机起飞了，由于离得太近，虽然是水泥地，飞机螺旋桨卷起的沙土还是扑面而来，打得人睁不开眼。飞机在空中走得并不急迫，转了一圈后才逐渐远去，好像那些士兵对这片热土还留有一丝眷恋。

人生的路上，我们总是在不断轮换着自己的角色和岗位，回想瞬息而过的日子才意识到，我们都是身不由己的战士。

2007/12/07

记者是个高危职业

2007年12月6日星期四,香港的电视新闻节目报道了两则电视记者遇害受伤的消息。某事件发生在夜里,当时一名香港记者正在拍摄斗殴现场,被当事人之一用氧气瓶击中头部,当场昏倒在地。另一则是某新闻组在台湾民主纪念园拍摄保护"大中至正"匾牌的民众时,一个鲁莽司机突然开着一辆货车冲进人群,多人受伤,一位摄影记者当场被撞成重伤。

从电视画面中可见,香港的那位记者是在事发后第一时间赶到位于尖沙咀的现场的,当时警方也在现场,正帮着将受伤者抬上救护车。这时,一个伤者的同伴突然出来呵斥记者禁止其拍摄,见记者继续拍摄,顺手抄起现场一个用于抢救伤员的氧气瓶(重达十斤)扔向记者,正打在一个记者的头部,对方当场就昏了过去。

在台湾受伤的记者是东森电视台的摄像师王瑞璋,更显冤枉。他可能根本就不知道有一辆货车突然从后面开来,将他卷进车下,拖行十多米;另一名同事出于职业本能,继续抓拍现场,没能及时上前营救,只能含泪扛着摄像机焦急地注视着惨剧。

巧合的是,两位受害人都是摄像师。扛过摄像机的人都知道,摄像师在工作时间精神大都高度集中,加之取景框的视野非常狭窄，他们很难注意到周围的环境，当有危险来临的时候，大都无法防备，显得非常被动，极易受伤。

近来，记者在工作中受伤遇害的事件屡有发生，记者业已成为高风险的职业。内地的一个调查显示，记者已经位居十大危险行业第三位，仅次于矿工和警察。

遭遇不测的两位摄像师都是非常敬业的记者，他们的不幸震惊了港台地区。香港的一位立法委员表示，伤害记者的行为是对新闻报道权力的挑战。新闻媒体是保证公众实现知情权的重要渠道，而记者的职责就是代表公众探寻真相，职业性质和特点要求他们必须尽可能地靠近事发现场，而不论这个现场是否存在危险隐患。换个角度来讲，凡是记者要到达的突发事件现场，发生意外事件的可能性本身就很大，这些无疑都增加了记者这一职业的危险系数。但是明明知道有危险记者也得上，因为，那是记者的天职。

2007/12/16

圣诞夜商家灯火大比拼

香港素以美轮美奂的夜景著称。每到日落时分，万灯齐放，流光溢彩，霓虹灯、广告牌纵横交错，此起彼伏，将港岛装扮得五彩缤纷、亮如白昼。站在中银大厦顶层向下俯瞰，整个港岛繁星璀璨，银河落地。徜徉在这灯火通明的世界里，犹如进入童话世界，令人禁不住遐思浮想。

特别是每到圣诞前夕，各大商家店铺纷纷张灯结彩，将店面布置得焕然一新，一是庆祝节日的到来，二是招揽生意，吸引顾客。记得2006年底刚到香港的时候，圣诞节已过，但一些商家和店铺门前的装饰还未完全拆除，尚可隐约感受到些许圣诞的气氛，印象较深的是中银大厦门前的彩灯格外好看，还特意在门前拍照留念。

2007年圣诞前的一个月，一些商家就早早开始布置门前的广场，不惜工本，大兴土木，使出浑身解数，摆开一幅相互挑战的架势。他们动用各种灯光效果、奇异构思和精美设计，配合各种打折促销活动，引得无数游客纷至沓来，熙熙攘攘如赶集一般。但见门前人头攒动，灯前灯后左顾右盼，纷纷留影纪念，场面非常热闹。其中尤以时代广场和海港城的店前灯饰最为惹眼。这两家都是大商店，实力雄厚，又有足够的广场空地，索性摆开赛灯的龙门阵，各显神通。

那一年时代广场前的布置稍显写实些。整体以紫色调为主，透明的圆形玻璃罩将圣诞树包裹其中，四周布满巨大的、夸张的装饰彩球，结合路边树枝上的彩灯，给人以梦幻般的感受。海港城的布置则比较抽象，整个场景分为两个区域，台阶以上为主区域，台阶下的走廊为副区域，两侧是两排造型抽象的圣诞树和雪人，上悬拱形的雪花晶灯。主区域可用"金碧辉煌"四字来形容。整个场景都被灯饰覆盖，墙面布有成千上万盏球形灯泡，无数雪花水晶灯链从顶上垂挂下来，在微风中转动，闪烁着耀眼的光芒，令海港城门前犹如仙境一般。此番用心良苦自是没有白费，从早到晚，海港城的门前总是人头攒动、摩肩接踵的热闹场面。

香港不愧是中西合璧的典范，对游人来说，面对如此诱人的美景，购不购物已无关紧要，哪怕只是专门来此看上一眼，都赏心悦目，不虚此行。

2008/01/07

美丽的香港湿地

香港虽是弹丸之地,但在喧嚣繁华的都市以外,不乏景致怡人的自然保护区,位于新界天水围北部的香港湿地公园就是其中之一。该公园占地约六十一公顷,包括一万平方米的室内访客中心和一块超过六十公顷的湿地保护区,是一个集自然护理、教育及旅游于一身的休闲景点。

游人可以越过嘈杂、热闹的城市边缘,走进这片世外桃源,尽享上帝的赐予,感悟自然的魅力。当人们置身于花鸟鱼虫的世界,偶尔抬头,四周高楼林立,难免产生错觉,好像这里不是湿地公园,而是街心公园。但湿地公园妙就妙在"自然"二字,人工痕迹不多,园内左一个水坑,右一片草地,完全是自然景观,保护区追求的正是原生态的效果。香港湿地公园向游人展示了当地湿地生态系统的多样化及保护它们的重要性。

沿着湖边漫步,沿途各种植物旁边都有名牌显示其名称和相关文字介绍,方便游人了解湿地自然护理的相关知识。公园里有近190种雀鸟、40种蜻蜓和超过200种蝴蝶及飞蛾。

湿地保护区包括人造湿地和为水禽而建的生态环境,在各个水禽聚集的湿地附近设有木制的观鸟厅。为了不打扰鸟儿们的正常生活,

门前特设有提醒游人保持安静的警示牌,并有专人把守。除了空远辽阔的鱼塘,公园周围的沿岸还有许多曲折深邃的海湾,以及苍翠浓密的红树林。

香港湿地公园是亚洲首个拥有同类型设施的公园。许多人只知香港是个寸土寸金、人多地少的商业都市,却不知在这热闹的城市边缘还有这么一个壮丽迷人、缤纷多姿的湿地世界,而且是一个几乎与世隔绝的静谧世界。有人把绿地比喻为"城市的肺",而有水有生物的湿地则更为弥足珍贵。港人对湿地的保护,从一个侧面反映了港人对自然的青睐,以及对生存环境的保护意识。

2008/01/13

参观凤凰卫视旧址

在内地的时候，经常看凤凰卫视的节目，深知那是一个有着良好团队精神和文化内涵的电视媒体，还经常听说央视很多著名主持人跳槽到了凤凰。从鲁豫到陈晓楠，各路神仙纷至沓来，趋之若鹜，"凤凰"似乎很有吸引力。早就想一窥他们的"真面目"，但来港一年多，阴错阳差总是没机会去，2008年1月7日那天终有幸走进凤凰卫视，见识了一下。

凤凰的办公旧址在红磡海滨广场九楼。一进会客厅，只见墙上挂满了镜框，是所有曾经在凤凰卫视露过脸的主持人照片，有些我很熟悉，有些则根本叫不上名字，但从他们的影像可知凤凰对他们的尊重，也看到几代凤凰主持人孜孜以求、不断进取的足迹。有意思的是，当时会客厅里人很少，一长排空置的椅子整齐地摆放在那里，仿佛对所有有识之士在召唤：凤凰永远虚位以待。

当时凤凰卫视的办公室条件不是很好，据说一些办公室里，有的编导是三人拼一个桌子。演播室也非常狭窄，完全比不上央视宽敞明亮的大演播室，其中一个小演播室只有三平方米，可谓独一无二的袖珍演播室。在这里办公的凤凰人不到六百人，已压缩到极限。据说凤凰卫视三个人就可以撑起一个节目，其中一个还是主持

/ 西 / 洋 / 画 / 框 / 中 / 国 / 心 /

人。在那里永远是节目等主持人,所以主持人永远不够,没有闲着的时候。

我们在办公区走了一圈,整个参观时间只用了不到一刻钟,难怪有人开玩笑说,凤凰的办公条件还不及一个内地县级电视台的规模。但就是在这样的条件下,凤凰人缔造了一个可以与央视媲美的新兴电视帝国。2006年来港之前,就听说凤凰的收视率已经与央视二套持平。据说新的凤凰大楼已经竣工,届时搬入新居的凤凰人必定会如虎添翼。

临走前,我在门口看到墙面上的凤凰新闻理念。第一条是"最有影响的华语新闻资讯媒体",这不仅是凤凰人的新闻理念,也应是凤凰人的思维理念。要完全了解凤凰奇迹产生的原因,一刻钟是远远不够的,但有一点让我深有感触,那就是:决定生存能力的不是办公环境,而是竞争能力。

2008/01/26
妙趣横生的香港郊野公园

香港有很多自然保护区,即郊野公园,大都设在丘陵地带。新鲜的空气和良好的环境也吸引了很多登山爱好者。据说,香港每年平均有1200万人次登山。每逢周末,在香港的郊野公园里,可以看到满山遍野的登山爱好者绵延数里,行走在崎岖蜿蜒的山路上。

提起香港的郊野公园,不能不佩服港人对自然保护的热忱。香港区区1100平方公里的弹丸之地,却有23个郊野公园,占地410平方公里,占整体面积的四成,世界上很少有城市可以达到这样的比例。首批郊野公园成立于1977年,至今已有30年的历史。在香港,繁华的市区面积其实只占约两成,全部郊野公园的面积两倍于市区,分布在海之畔、山之巅,水塘旁、林地边,包括大量的山坡、海岛,成为香港独具魅力的旅游景观。

23个郊野公园各有风情和韵味,均具备相当的"野趣"。山林、海滩保持着原有的风貌,除供游人小憩的亭子外,基本没有现代建筑。公园大多是土路,即使有水泥铺就的道路和台阶,也力求自然,与环境相融。

西贡郊野公园位于新界西贡半岛,占地7000多公顷,面积之大堪称香港第一。公园山峦叠嶂,岗阜遍布,山形雄巍。其间,高山岬角、古道林径、草原田野、清溪幽涧、天然林木无所不包，其中景色如画的嶂上高原最为远足和露营之人所青睐。

2008年1月6日，我鼓足勇气随队征服了这个郊野公园。上午十时许，众人抵达山脚。但见门口人山人海，尤以长者居多。几个民安队员为游客免费分发带有"防止山火"字样的帽子和保护山林的小册子。这种见缝插针的安全宣传方式令人印象深刻。

几分钟后，队伍开拔。由于人太多，我总是跟在队尾，速度受到些影响，走了一个小时后，队伍逐渐拉开了距离，体力好的就冲到了前面。由于山路并不险峻，起初我并没拿这次登山当回事，但随着时间推移，山路越来越陡，体力渐渐不支，汗珠子"噼啪噼啪"往下掉，再不敢小觑这次攀登，只好将衣服一件件往下减，最后只剩背心。

快到山顶时，人群一阵骚动。原来远处两山之间现出一片碧波，据说是万宜水库。在欣赏完明媚的风光后，队伍继续前行。又过了两个小时，就在我们筋疲力尽之时，终于到达山巅。放眼望去，一片起伏的高原地带陡然出现。山顶满是休息的登山爱好者，欢声笑语连成一片。有吃东西的，做饭的，猜谜语的，照相的，各得其所。

香港渔农自然护理署最近公布的一年一度郊野公园游客调查结果显示，西贡郊野公园连续两届成为游客最欢迎和最常游览的郊野公园，每年有70%的香港游客喜欢到此处登山。

我们简单吃了点干粮，正要休息，忽见几头牛在人群中走来走去。起初，我以为是谁家出租牛只作为招徕合影的道具，后发现这几头牛并没有人管理，而是在四处闲逛找吃的，有时还被吃饭的人轰来轰去。一打听才知这些牛居然是没主人的野牛。原来多年以前，一些香港郊区农民为了种地，养了些水牛，但随着城市化进程加快，耕地逐渐消失，农民要牛也没用，又因为香港不能私宰牛只，无田可耕的家牛就被农民放生了，沦为"野牛"。它们在山野间四处游走，据说一只牛能卖个七八百元，却极少有人猎杀它们，至今，大多数牛还游荡在各地郊野公园的山间，成为香港山区的一大奇观。

没人统计过香港到底有多少头被放生的耕牛，但成群的"野牛"一方面反映了港人对耕牛的敬重和怜悯，另一方面也说明在物质非常丰富的地区，人们的守法意识和环保意识都逐步增强，正所谓"仓廪实而知礼仪，衣食足而知荣辱"。

这次西贡登山之行，走了整整一天，体力上倍感辛苦，但能和港人一起参与登山活动，不仅欣赏了郊野公园的自然景色，还体验了港人的生活状态，真是一举两得。

2008/02/09
再逛香港庙会

内地游客去香港一般都是冲着旅游景点或购物广场，自由行的人更是来去匆匆，很少会光顾本地人的展销会或露天市场。其实，某些购物展销活动非常有意思，特别是一年一度的年宵花卉市场，可说是港人的盛事，连特首都会亲临现场，巡视一番。

香港的年宵购物市场以维多利亚公园的最为壮观。本来这种年宵市场只卖些花草，但逐渐演变成购物市场，展销的商品范围也越来越广，规模也越来越大，感觉像内地的庙会，东西五花八门，千奇百怪，其中尤以卖塑料气球的最招眼。

一来卖气球的人比较多，竞争比较激烈，二来都是年轻人，为了体验生活，学做生意，互相起哄卖，谁也不觉得丢脸，所以吆喝起来特别卖力气。促销的招数也是八仙过海，各显神通。为了招揽生意，大家尽量

把自己的气球设计得富有创意,给人别出心裁之感。有的气球模仿人体部位,如胳膊、腿、脚掌;有的则以食物为主题,如鸡腿、冰棍、金沙巧克力;还有人把汉字的谐音巧妙地利用起来,如通下水道用的皮塞子,被人设计成气球后,写上"万事亨通"四字,就成了新年的一份美好祝福。亦有巧借名牌的,将大白兔奶糖改名为"大白鼠",再制成气球兜售,更有一个小贩不仅将"大白兔"改为"小白鼠",还索性将包装袋套在脑袋上,站在高处挥舞着双手招呼游客,身形甚为滑稽。

港人也没有忘记传统的中国玩具,手工精制的风车一排排悬挂在绳子上,密密麻麻,非常壮观。2008年恰逢内地遭受百年不遇的雪灾,有港人特地在市场上设立了一个为"赈济内地雪灾筹款"的摊位,看了让人心里热乎乎的。

这次香港政府向内地捐赠了两亿五千万港元,一些民间机构也发挥了重大作用,街头巷尾经常可见为雪灾募捐的人士。到底是血浓于水,"一方有难,八方支援"是中国人的传统美德。

2008/02/16
火爆热辣的美女巡游

一年一度的香港"国泰新春国际汇演之夜"于2008年2月8日在尖沙咀文化中心拉开了序幕。

游行路线由文化中心出发,沿梳士巴利道及么地道折返文化中心,并在沿途设立三个表演区。我拍摄的地点是位于梳士巴利道永安广场对面的表演区,这里的观众可以坐在台子上观赏花车巡游和文艺表演,现场的大部分观众是外国人。

八点三十分,巡游表演活动正式开始。十一辆花车、十三支本地队伍及十二支国际队伍先后出场。这些日子香港的气温很低,当天夜里的气温不到十一度,身着棉衣不到一小时就被吹透了,即便

如此，活动仍吸引了大量市民到场观看。七点钟前，道路两旁就挤满了大批前来助兴的市民。

热情如火的不仅是人山人海的观众，大溪地火舞团和西班牙太阳花舞蹈团以火辣的着装出场，给寒冷的天气带来一丝暖意，令在场的观众暖在心头。大溪地火舞团的演员穿得最少，演出服彰显了原始的波利尼西亚风格，与穿着棉衣的香港观众形成了鲜明对照，其敬业精神令人感动。他们的火辣热情感动了现场观众，在演员们的邀请下，大家纷纷冲下看台，与演员们共舞。可惜每组队伍表演的时间有限，演出再精彩，也不得不在现场调度的招呼下匆匆离开。

西班牙太阳花舞蹈团的演员显然是经过精心挑选的，大都貌美如花，身材高挑，丰满匀称，个个举止优雅，面带微笑，头戴着镶有羽毛的黄金花冠，身后背着一朵巨大的太阳花，感觉很有南美热带风情。由于服装过于复杂，她们的行动受到限制，不可能做出大幅的舞蹈动作，但还是尽量舞动手臂和腿脚，并不断穿插移动，交换位置，排列出不同的队形，发挥团队的优势。

可以说，整个花车巡游活动就是世界各地文化的大汇展，时间虽短，内容却很丰富。有些表演队显然不是第一次来，但精彩表演却百看不厌，难怪这么冷的天，仍有那么多的观众前来助兴。但话又说回来，如果不精彩，港人搞这活动还有什么意义？

2008/02/27

幽默的成龙大哥

来香港一年多了，各种政界领袖、达官贵人采访过很多，唯独还未接触过娱乐圈的大腕，特别是演艺界的知名人士。要问在香港我最想见的人是谁，当属成龙无疑。

2008年2月11日，机会来了。突然接到通知，要在香港双鱼河马会所采访成龙。当时，成龙正在那里为香港旅发局拍摄有关奥运马术比赛场地的宣传片。

当我赶至现场，拍摄已经开始。在一张巨大的白色反光板前，摄制组成员正围在那里，有人示意我不要出声。我悄悄靠近成龙，准确地说，是小心翼翼地靠近，不敢出一点声响。在距他不到两米远的地方，我找到一个最佳角度，开始拍摄。成龙戴着一个马术专用帽，牵着马，站在镜头前说道："2008在奥运马术赛城市，香港见！"之后，又用英语说了一遍。现场拍摄气氛非常轻松，成龙不时用广东话与其他人开玩笑，人群中不断爆出欢笑声。随后，成龙又策马在草地上慢跑了几圈，可以看出，他对骑马很在行。记者们纷纷抢拍这一精彩时刻。成龙下马后主动与马场工作人员合影，丝毫没有明星的架子。

广告很快就拍摄完毕，利用休息时间，成龙同意接受我们的采访。凤凰卫视的一个女记者问成龙如何借用奥运盛事提高香港的形象,成龙玩笑道:"让大家多看成龙的电影!"众人忍俊不禁。

轮到央视记者采访时,成龙又兴奋起来,大谈他作为奥运特使和香港形象大使的感受,言语中流露出他对奥运的关注,展现了港人爱国的拳拳赤子心。采访后,我们提出合影,成龙欣然同意,我亦告知其这是我多年的夙愿。其实,我不是追星族,从未对哪个歌星或演员痴迷过,但成龙是个例外。不仅因其在电影里为我们塑造了一个正直善良、诙谐幽默的形象,还在现实生活中承担了一个公众人物应承担的社会责任,就冲这一点,称他一声"大哥",一点都不冤。

2008/03/29

香港殡仪馆：生动的"大餐厅"

香港的殡仪馆很少，港岛只在北角附近有一个，叫"香港殡仪馆"。记得有一次打的士去那里，司机没听清，解释半天他才恍然大悟："啊，原来是去大餐厅啊！"我吓了一跳，忙解释说是去殡仪馆，不是餐厅。司机笑道："我知道你们去哪里！"我甚是不解，"殡仪馆"因何变成"大餐厅"？后来了悟，原来港人参加完葬礼都要会餐，不管人数多少，均需参加，日久天长人们就把殡仪馆戏称为"大餐厅"了。这个笑话一方面反映了港人的幽默，另一方面也说明港人的葬礼极为讲究程式和礼仪。

进入殡仪馆前，来宾首先要领取一个袋子，里面有一份死者的生平介绍和一包糖。糖一定要在离开殡仪馆前吃掉，否则不吉利，这一点与内地某些地方的习俗雷同。

每当有来宾进入灵堂，就会有人高喊："有客到！"然后就有专人引领来宾走向遗像行礼。殡仪馆司仪负责引领宾客，高声道："一鞠躬，再鞠躬，三鞠躬，家属谢礼！"声音洪亮而富有节奏，绕梁不绝，久久弥漫在大厅上空。每次葬礼，这样的声音都要在大厅里重复数百次。行礼后，来宾在旁边入座等候。一般引领鞠躬的人是殡仪馆的大司仪，也叫"礼生"，葬礼都由他们在场主持，往往是固定人选和角色。他们每天都在殡仪馆主持葬礼，高声唱和，多少年如一日，不厌其烦。虽然每一次都做重复的工作，每一声都在复制同一个调子，但从不马虎懈怠，实属不易。

葬礼一般在上午十一点左右才正式开始。届时，真正的主礼嘉宾才上场，一般是社会名流或逝者的领导。主礼嘉宾先致悼词，包括介绍逝者生平，然后请家属讲话。之后，灵柩由专人推送，缓缓入堂。主礼招呼所有来宾按照官职、社会地位和来宾所属机构或部门再次向遗像三鞠躬。有的人由于同时属于不同的部门、机构或社团，会反复站起来，再三鞠躬。偶尔也有家属雇请僧人到场诵经，超度亡灵。最后，全体人员护送灵车走出大厅，灵车开赴火葬场。

港人怀旧而不弃旧，在引入诸多现代文明的同时，也保留了不少传统文化的习俗。应该说，港人的葬礼是非常严谨的，一些固定的礼仪看似烦琐，仔细一想又不无道理。程式本身就是一种庄严，展现了生者对逝者的一份尊重。

2008/04/11

港人真的富有吗

一个人在香港过日子很不容易,特别是吃饭问题。过去在家很少做饭,所以也从来不注意市场价格和行情。一天,突然心血来潮,决定试着蒸锅馒头,未曾想大获成功,兴奋之余决定出去再买袋面粉。

为了省钱,我特意坐车去了鹅颈桥市场,可转了半天也没找到卖面粉的,最后终于在一个小超市的角落里看到了面粉,一斤装的,六块九一袋,觉得太贵,只好放弃,继续在街市里找,几番打听,总算在一家面食加工店里看到了大袋装面粉,甚至还有五十斤一袋的,心下窃喜。问价后,店员告诉我此面粉二十八元一袋,遂爽快应道:"没问题!"拿起一袋就走,兴冲冲回家,打开一看,是五磅一袋,合六块多一斤,没便宜多少。在香港感觉什么都贵,内地卖一元一根的油条在这里卖五元,一斤肉馅三十多,一份午餐近四十元,有比较才有心痛,所以倍加珍稀粮食。过去在北京剩了两天的菜一定会倒掉,下饭馆也很少打包,但在这里剩菜不吃完绝对舍不得扔,外出吃饭打包更是毫不犹豫,日子过得精打细算,要不怎么连馒头都自己蒸了,我都觉得难以置信。

在内地时,我的收入也算中产了,日子过得舒坦,也想不起节约的美德，但在香港则沦为低收入者。屋漏偏遭连阴雨，加之美元不断贬值，与美元挂钩的港币也受到牵连。港币连续下跌，想兑换人民币10000元就要给银行11205港币，无形中百分之十一的工资就蒸发了。当下还听说很多港人把港币换成人民币，然后存入深圳的银行，那里的利息比香港高五倍。在香港，一个清洁工的最低收入是六千元，听起来很高，但在一个一斤面粉六块多、一间普通住宅月租一万多的城市里，这点收入简直杯水车薪。难怪很多港人日子过得异常简朴，一双鞋穿上好几年都舍不得换，买房子更是天方夜谭，不敢问津，毕竟富人还是少数。

港人享受不到内地低廉的物价，生活在这个逼仄城市里，他们习惯了，或许也麻木了，他们没有过多的选择。但对于我这个享受过内地低价红利的人来说，发达地区的高物价给我上了生动一课。我不断提醒自己，将来回到内地，一定要勤俭持家，节约度日。

2008/04/19

形形色色的香港广告

细想,香港之夜之所以好看,甚得益于那些五光十色的街头广告。

为了提高知名度,很多国际品牌费尽心机,以平面路牌广告为主。超级品牌一般在繁华地带的商业中心或交通要道做广告,不惜工本,常常是将整个墙面租下,所以香港的路牌广告尺幅一般比较大。那些巨幅画面在聚光灯的照射下,非常醒目,很远就能看见,极富视觉冲击力,也为城市增添了不少活力和气息。

稍小的品牌也不示弱,一般在地铁和公交车上发布广告,尤以减肥内容居多。地铁走廊里的灯箱广告铺天盖地,一般以展示美女玉腿的画面居多。模特身材纤秀俊美,举止婀娜多姿,港人在运用女性资源做广告的思路上可谓匠心独运、独树一帜。

实力再小一点的品牌也有奇招,雇人在街头搞怪异的人体移动广告,让宣传人员穿上特制的广告服装或卡通道具,游走于闹市街区。他们大都一边散发小广告，一边招摇过市，也很吸引人。曾见过一个穿着肉片形状道具的人体广告，老远一看吓一跳，非常滑稽。

香港的电视广告也很有特色，商业广告的种类比内地丰富，如保姆公司的广告、私家侦探的广告、律师事务所的广告、旅游项目的广告，这些特殊行业的广告反映了香港的经济特色和生活状态。最值得一提的是香港的电视公益广告，不仅数量多，而且内容非常广泛。有提醒人及时更换驾驶证的、有发布举报不雅电视节目电话号码的、有宣传奥运的、有鼓励孩子吃健康食品的、有提醒住户尽快更换旧玻璃窗的、有呼吁雇主尊重怀孕女员工的……记得有一条提倡廉洁奉公的电视公益广告颇具特色：一双手在拿了受贿款后，着急地在水里搓洗着，可怎么都洗不干净，水则越来越黑，最后，那双手被戴上了手铐。画面简洁有力、震撼人心。十几年前，我在央视广告部门工作时制作过类似的节目，没想到在香港也看到了反腐公益广告。据了解，香港政府在这方面有专门的拨款，每年委托相关部门制作大量的电视公益广告。

公交车上的公益广告也很有特色，有的是直接告诉乘客抓牢扶手，有的则是采取含蓄的方式传递信息，起到提醒规劝的作用。我在一辆公交车上见过这样一条广告：创作者用象棋中的"象不过河"做比喻，提醒乘客下棋有下棋的规矩，做人有做人的规矩，不要将脚放在对面的椅子上，极富创意，令人暗挑拇指，啧啧称赞。

另外，街头还有议员竞选的广告、房屋租赁广告等。当然，香港也有乱贴小广告的，但数量较少，一般都在不起眼的地方。

形形色色的香港广告从侧面反映了香港的社会制度、经济特色、审美情趣和价值取向，使游客在这个纷繁复杂、眼花缭乱的世界里，感受到了这个大都市一丝脉动和生机。

2008/05/09

迎圣火的小天使

2008年5月30日下午，奥运圣火到达香港，热闹的欢迎场面过后，记者们意犹未尽，久久不愿散去。

按照香港的习惯，每次重大活动时，主办单位都会在现场记者席前摆放一个多位话筒架，以备重要人物出来讲话用。但今天，主要嘉宾都已退席，工作人员便收起话筒架，记者们也开始收拾器材，准备撤离现场。就在这时，突然一群记者蜂拥而上，向一个角落涌去，纷纷拉长话筒，像是在采访什么重要人物。我也急忙上前看个究竟，原来是一排小朋友走过来，都是本地小姑娘，十一二岁的样子，正在接受记者的采访。其实，在香港的大小活动中，小学生是重要生力军，他们一来就是整个学校，成百上千的编制。他们组织起来比较方便，不仅增加热烈气氛，而且易于管理。在香港奥运火炬传递的重要时刻，他们的参与不可或缺。特别是在火炬抵达之时，他们的呼喊、助威为整个传递过程增添了不少生机。而且，能够到飞机停机坪迎接圣火的孩子，必定是百里挑一的美少女，让这个画面令人心旷神怡。

果然，在记者人墙之后，我见到了她们的真容。这些美少女或穿中国传统对襟小褂，或穿点燃圣火时希腊圣女式的长袍，仪态

万千,又不失活泼。其中一位个子较高的女孩生得一双欧式美目、嘴唇丰厚,活脱脱一个小天使,可爱异常。想来,即便她走在希腊街头,人们也会以为她就是希腊人。为了体现主题,有工作人员不失时机,又给她们每人发了两面小旗子,一面国旗,一面区旗。看来,大家的审美都很接近,现场没走的记者不约而同地把话筒伸向这位小天使。原来,这是特区政府组织的专为迎接圣火的儿童小组,即欢迎仪式的一部分。我因为迟走片刻,幸运地见到了她们。

2008/05/17

血浓于水的香港人

　　这个星球上，华人不管走多远，都惦记自己的家乡。中国内地发生特大自然灾害时，有华人的地方就有关爱和奉献。汶川地震发生后，来自世界各地的捐款数额巨大，其中也有香港人的一份爱心。

　　在香港，为地震灾区捐款已经超过十亿，数额还在继续增大，是历年香港同胞为内地捐款额最高的一次。驻港记者几天来拍摄最

多的新闻就是港人的捐款活动。政府的3.5亿就不多说了，私人捐赠占比七成以上，邵逸夫一个亿，李嘉诚三千五百万，像曾宪梓先生这样捐一千万的人数不胜数，每天中联办门口前来捐款的各界人士络绎不绝。香港所有慈善机构都在为灾区捐款四处奔走，真正体现了港人"岁寒知松柏，患难见真情"的境界。

在汶川一线，香港记者冒险走进救险最前沿，使港人每天都可获悉来自灾区的最新报道。5月17日，香港电视台报道了TVB记者独家采访胡锦涛总书记的新闻，发回总书记对全体香港同胞的谢意。5月16日，香港政务司司长唐英年赞扬香港记者的敬业精神，而我们看到的是越来越多港人被真实的新闻报道所打动，他们慷慨解囊，伸出援手。可以说，没有香港记者的及时报道，就没有港人的迅速反应和积极协助。

据说，俄总统普京曾对中国领导人如是说："我真羡慕你们有一个香港。"这话指的是香港在内地经济改革中做出的巨大贡献、发挥的巨大作用。如今，在中国内地遭遇特大自然灾害之时，我们对这句话又多了一层新的理解：大爱无疆，香港始终都是中国人的骄傲。

2008/05/31
世俗传统文化的栖息地

5月12日,是佛诞日,俗称"浴佛节"。为庆祝该节的到来,香港佛教联合会提前一天在香港会展中心举行了浴佛节的开幕式,拉开了为期三天的庆祝活动。

活动在第五大会堂展开,该厅总面积4288平方米,整个大堂及前厅被布置成庄严的佛教殿堂,应是我见过的最大的临时庙堂。前厅台上五尊金光闪闪的佛像坐于莲花之上,前面是供果和香炉。台下黑压压一片信徒。据说,当天四千多名香港各界人士出席了开幕式,其中包括中联办主任高祀仁和香港佛教联合会副会长黎时煖。

前厅中,一副高四十五尺、宽三十四尺的巨型大佛像,高挂于玻璃墙上,后面是美丽的维多利亚海湾。浴佛亭设于大佛像下,十几尊古铜太子佛座放在莲花座上,旁边是鲜花和细沙。

所谓"浴佛"就是"浴佛形象,自涤身心",有静心、醒悟、忏悔、求福之意。浴佛不但是为了纪念佛陀慈悲济世、普度众生的精神,更是希望通过浴佛除去人们心中的固执、贪欲、偏见等困扰,令身心自在超然,这亦是"佛诞"的真正意义。由于佛诞日是香港的公众假期,所以一直以来都是港人祈福的日子,无论是否身为佛教徒,大家都喜欢参与,成为香港每年的一大盛事。据统计,

香港大约有一百余万佛教信徒。

　　佛教对中国文化影响深远，包括文学、艺术、哲学思想等多领域，对国人树立的社会道德、风俗习惯起着重要作用。特别在香港，这个完全传承了中国传统文化的特区，佛教的理念和思维方式被完整地继承下来，因而香火不断，发展有序，不仅为香港的社会稳定繁荣起了重要作用，也是启迪教育、济助扶贫、行善帮困的重要社会力量。今年内地雪灾时，香港佛教联合会多次筹措善款支援受灾地区，真心诚意，毫无保留。

　　这次佛诞开幕式，香港佛教联合会会长觉光长老因病未到场，只能托人致辞，并特别嘱咐："要以欢喜的心，发个好愿，说点好话，做些好事。"《周易》有云："积善之家，必有余庆；积不善之家，必有余殃。"佛家讲："前世修福，后世享用。"正所谓："莫道因果无人见，远在子孙近在身。"二者不谋而合，可见，炎黄子孙传承的文化与佛家思想早有渊源，而香港很好地保留了这个烙印。

2008/06/13
也说南风与北风

　　清晨，睡梦中突然被一阵熟悉的风声惊醒。因劲风透过门缝和窗隙，从外面硬挤进来，发出的声音格外响亮，一阵一阵，呼啸着，起码五六级的样子，很像北方的大风。半梦半醒之间，竟然产生错觉，还以为置身京城，仔细望向窗外，才发现外面郁郁葱葱，一副春意盎然的景象。

　　在北方，较大的风一般在秋冬季才会出现。当狂风来临时，横扫千军，树叶都刮个精光。在北风凛冽、万物萧瑟的时候，外面的色调是单调的，一切都裸露着、坚挺着，极富阳刚之气。若是在晚上，夜深人静的时候，风声会显得特别猛烈，门窗都"哗、哗"作响。有时从缝隙中进来的风声如远方野狼的哀号，绵长而又凄厉，久久挥之不去。有时不知谁家放在阳台上的铁板跟着风一起震动，"哐啷、哐啷"的，吵得你一宿都睡不好。

　　北风大都夹杂着沙尘天气，即便是有阳光的时候，那光线也是蓝色的，像被一个遮光镜过滤了一般，让人的心里感觉很不舒畅。下楼以后，会发现自己的车子上有一层厚厚的沙土。至于空气，就更不用说了，肯定是土腥味十足，就连马路上都被覆盖着一片一片细细的黄沙，每当有车过时，黄沙就跟着舞动，在风中打转。如果突然有股阵风袭来，卷起的沙土会打在人的脸上，生痛生痛的，有时还会迷眼，随后是流泪、疼痛，搞得你气急败坏，半天都缓不过来。气温也一定会下降，人们出门必须要加衣服，缩着脖子，低着头，半眯着眼，快步行走，不敢正视前方，那就是北方，北风中北方人的形象。

南方的风则不然，香港的风都是在夏季才到来。香港夏风盛行时，正值高温、潮湿的天气。屋里的湿度一般都指在90%的位置，头一天拧甩干、晾好的毛巾，第二天不但没干，反而更湿了。这种长期潮湿而干不了的毛巾用不了三个月就沤烂掉了。6月份，这里的一切都是生机勃勃，风也是可爱的，它是不知疲倦的旗手，是炎热中让窗帘飘动的扇子，是让庭院落英缤纷的花匠。总之，风不过是锦上添花的调节剂，是石击湖面、打破静态后的灵动，令人赏心悦目。

但南风也不可小瞧，它也有疯狂肆虐、发飙的时候。当夏季季风来临时，香港的维多利亚港湾也会狂风大作，恶浪翻滚。2007年台风"帕布"到达时，香港天文台挂起了八号风球。大风把维港会展中心海边的树枝刮得大幅度左右摇摆。密集的树叶使风的阻力加大，风便恼羞成怒，更加用力地撕扯枝叶，使得树枝的弯曲幅度达到极限，风稍一放松，便弹跳得更加奔放，如长袖善舞的女子。

南方季风的产生是由于海洋温度较低，而大陆温度较高，海洋出现高压，大陆出现热低压，使得大范围的气流由海洋吹向大陆。一般从5月份起至8月末，西南风风力最大，有时达八九级以上，并伴有暴雨。沿海地区首当其冲，2008年广东遭遇50年来罕见的大暴雨，多个城市出现水浸情况，有的房屋都倒塌了。6月7日清晨，香港突降豪雨，狂风夹着大雨一小时内雨量超过140毫米，创150年来的天文记录。上环个别商户的店铺被淹，海鲜等水产品损失惨重。一位海味店的曾先生说他损失了价值三百多万的货物，有当地居民抗议渠务署通渠不力。大雨还触发多处山泥倾泻，大澳对外道路受阻，成为断水的孤城。

多年以前看过一本《南人与北人》的书，讲述不同地区人的不同性格特征。在香港生活了一段时间后才明白，其实，人的性格真的与生活环境和自然环境有着很大的关系，要不怎么说：一方水土养一方人呢。

2008/06/27

鲜为人知的香港酒窖

在香港岛南部寿臣山深水湾有一个神秘的白色尖顶小房子,四周群山环绕,绿树如茵。大厅里面是一个格调高雅、设施齐全的西餐厅。明媚的阳光从天井倾泻下来,洒满了白色的桌面,晃得人睁不开眼。屋子的四周挂满了各种各样高脚酒杯,为这间幽静的小屋增添了神秘的色彩。

沿着小屋往后走,突然别有洞天。后面是一个钻山而建的窑洞,窑洞的大厅又是一个高级餐厅,备有钢琴和吧台。大厅的门是加厚的铁门,关上门后大有万夫莫开的感觉,好像走进了北京的人防工程。再往里走,令人惊奇的是,里面还有一是个餐厅,四周都是通顶的玻璃柜,里面陈列着各种酒杯和珍奇古玩。原来这里是个私人酒窖。据主人介绍,二十世纪三十年代,这里就是英国人的酒窖,后来被日本人占领过,用于军事设施。抗战胜利后,又恢复为酒窖。

香港回归后,这里被特区政府收回,后租给私人公司管理,继续作为酒窖使用,起名为"皇冠酒窖"。酒窖的管理公司采用会员制,每年收取相当数额的费用,并代会员保管自家珍藏的名贵葡萄酒,我们刚才看见的几个大餐厅都是不对外的,只有会员才能享用。公司现有会员两千多名,酒窖所珍藏的酒价值一亿多美金,据说世界上只有英、法、美等国家拥有如此大规模的高级酒窖。"皇冠酒窖"在亚洲也名声显赫，附近国家和地区的很多酒类爱好者都跑到这里来存酒或购买珍贵的陈年美酒。

　　酒窖的门是双层的，进入第一道后，为了保持低温，主人立即关上门，然后稍等了片刻之后才又打开了第二道，如同太空舱接轨。门一开，一股寒气立刻迎面袭来，为了保持室内的低温，主人又迅速关上了第二道门。我们刚才还在室外三十度的高温环境中出汗，而此时却开始被冻得打哆嗦了，仔细一看温度计，指针指在十二度！主人说这是保持葡萄酒的最佳温度。酒窖完全是掏空山体而建的，主人开玩笑说，就是核弹打来这里也是安全的。

　　为稳妥小心，所有进酒窖的人之前都要登记身份证，以防万一，因为这里的酒弥足珍贵，随便一瓶就价值十万港币。

　　随行来的人都是记者，应该见多识广，但大家都啧啧称奇，不仅为主人独具慧眼的投资理念所折服，也为意外得知香港拥有这样一个国际水平的酒窖而惊喜。

2008/07/05
"夺命狂奔"的恐怖经历

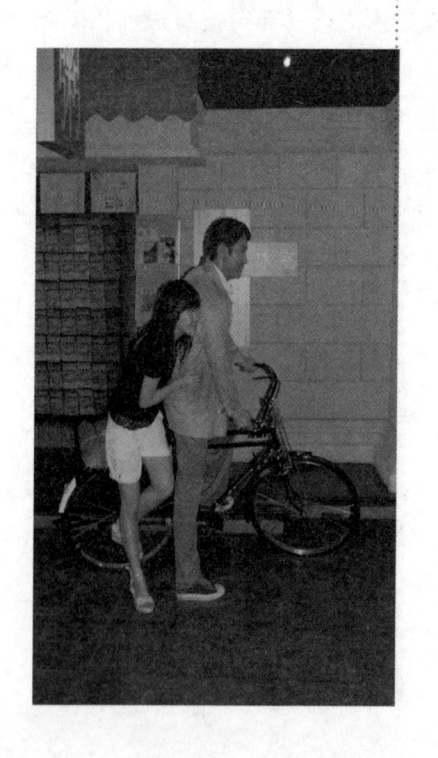

2008年"香港杜莎夫人蜡像馆"推出了一个全新的惊栗展区——《活命狂奔》。5月8日该馆为香港首个以恐怖为主题的永久蜡像展区揭幕。

走进展区,黑漆漆的展馆内传来阵阵凄厉的尖叫声,令人毛骨悚然。参观者必须经过一个仿真的关押有"罪犯"的幽暗疯人院,沿途除了逼真、可怕的蜡像人物之外,还有一些由真人扮演的恐怖人物游走于游客之间,不断地骚扰和恐吓游客,是名副其实的装神弄鬼。

蜡像的特点就是逼真,

本来就吓人，真人扮演的魔鬼又混入展区之中，就为营造一个二者"假作真时真亦假，无为有处有还无"的环境，加之声、光、电的有效配合，使得整个展区令人毛骨悚然，不寒而栗。

世界上首个"杜莎夫人蜡像馆"惊栗设施是2003年在伦敦总馆揭幕的，现在纽约、拉斯维加斯、阿姆斯特丹，及上海杜莎夫人蜡像馆也有类似的展区，根据不同地区的市场特点，主题各有不同。"香港杜莎夫人蜡像馆"是以名人为创作灵感的景点，内容以各国历代名人仿真蜡像为主，设法令游客在展区与著名人物、事件及时代紧密联系，让人们有机会与心爱的偶像近距离接触，为其提供一个难忘的旅游经历。

其中，黎明的蜡像做得非常传神，其造型应是电影《甜蜜蜜》中的男主角黎小军，挎着单车，立于市井小巷之间，栩栩如生。当时现场有个小妹坐在他的单车后合影，猛一看，根本分不清谁是真人谁是假人。美国著名演员朱迪·福斯特是《沉默的羔羊》的主角，其蜡像神态睿智传神，伫立于希区柯克身后，相得益彰。007和戴安娜的形象最为逼真，可能是西方人的面容比较立体有型，适合雕塑艺术吧。

2008/07/12
卖私宅的香港老人

近来看到一篇报道：微软创办人比尔·盖茨于6月27日退休，并且将自己的520亿美元（约4000亿元人民币）财产全数捐给其夫妻名下的慈善基金——比尔及梅琳达基金会，一分一毫也没留给自己的子女。文章还特别强调，"美国和中国的国情不同，美国没有光宗耀祖、父产子继的传统，而中国这一传统却世代相传。华人因深受光宗耀祖、父产子继这一传统思想的影响，人们把个人财富看得很重，发财后，除自己享受外，还要把家财全部留给子孙，以为这样才光彩。"这话也不尽然，其实在香港，也有很多像比尔·盖茨这样的香港企业家，而且还不止一个，田家炳就是其中之一。

田家炳先生为本港著名实业家及慈善家，1919年出于广东梅州市大埔县银滩村。1958年到香港发展，以过人的智慧和胆识、良好的商德与信誉，在香港打拼了半个世纪，先后经历了1965年的银行挤提、1967年的社会动乱、1973年的股市崩溃、1974年的世界原油供应失常、1982年的香港回归人心危机及1997年的亚洲金融危机等一次又一次的经济社会风暴。田家炳以不变应万变，矢志不移，最终以其独特的眼光、过人的经营才能，使田氏事业声势日壮。

田先生一生乐善好施，在诸多善举中，独钟教育。他认为，兴国之道在于人才，而人才培育始于教育。据不完全统计，他一生共捐资十多亿港元，兴建了一百六十余所中小学校，被称为"百校之父"。虽然他并非香港最有钱的人，但与其家产相比，他可以自豪地说是捐资比例最高的人。有人计算后说，他将自己80%的资产都捐了出去。一次，他答应捐助20余个内地学校，但突然银根吃紧，老人家毅然将自己住了三十七年的私宅卖了五千六百万，捐给了这些学校。

田先生说，他做善事完全是从小受中国传统教育的结果。2008年，他虽已是九十岁的耄耋老人，仍能将《治家格言》倒背如流。常挂在嘴边的有"见穷苦亲邻，须加温恤""无心为善，虽善不赏；无心为恶，虽恶不罚"。有人问他为什么乐意将自己的钱捐出来，他说："做生意可以赚钱，但是很有限，而捐钱做社会公益事业，我觉得收获更大。"显然，他散尽家财，资助学校，是把公益事业看作一种投资，是为中国的未来而投资，而这个投资的受益者是整个中华民族。这是一种常人可望不可即的境界。

比尔·盖茨说："拥有财富不仅是巨大的权利，也是巨大的义务。"钢铁巨头安德鲁·卡内基说："在巨富中死去，是一种耻辱。"说的都是一种对待金钱的态度。其实，中华民族自古就有教人乐善好施的传统，什么"仁者爱人""善人者，人亦善之""积善之家，必有余庆"等，还有"留财给子孙，不如积德予后代"这样的名句，所以香港才有了田家炳、李嘉诚、邵逸夫、曾宪梓等慈善家，可见，这不仅是外国成功人士的处世态度，也中国民族的优良传统。

2008/07/27
巧遇发哥

都说，无巧不成书。2008年7月26日，我携全家乘轮渡去南丫岛，一上船就见船舱里贴着宣传海报，说是离岛妇联要举办卖旗的慈善活动，特邀周润发鼎力支持，并附了发哥的照片。看后，我若有所思，来港一年余，还没亲眼见过这位超级明星呢！

船还没有开，而且晃得很厉害，我只好闭目养神。突然，家人说看见发哥上船了，我急忙睁眼向舱口定睛望去。但见一个身穿白汗衫、戴墨镜的高个子走进船舱，四下看了一下，遂向中间一排座位走去。由于发哥进来时是侧身朝着我，所以看得不够真切，我还半信半疑。等到来人坐下后，正好看见他的正面，认定此人正是其本尊，不由心中暗喜。再一看海报，分明写着活动日期就在7月26日，想必发哥今天就是去参加妇联的慈善活动，而我恰巧也同日赴南丫岛，才幸遇发哥。

乘客们起初没有注意到发哥，整个航程中并未引发骚动。我暗下决心打算找机去和他打个招呼，再合个影。没想到船快靠岸时，有人发现了他。起初，是两个人过去羞答答地请发哥合影，到后来，人们一拥而上，将他围了个水泄不通。发哥笑呵呵地在中间与大家一一打招呼。

过了一会儿，船靠岸，发哥起身要下船。再不过去就没机会了，我急忙迎着发哥走过去。对方见我走过来，没等我说话，就主动和我握了握手，像久违的朋友。我拦住他抓紧时机照了张相，这也是发哥在船上照的最后一张像，随后，他就走出船舱，消失在人流中。

　　我注意到发哥上船时并没有前呼后拥的大批随从，只有一个助理跟在他身后。我开始还为他担心，但回来后一打听，才知发哥就是南丫岛人，去南丫岛就是回趟老家。想来，对发哥而言，南丫岛应是最安全的地方。

　　因为不是娱记，几乎没有机会跟香港演艺界人士打交道，遇到发哥的几率自然很低。后听香港朋友说，别说我这个外来者，就是香港本地人，也未必有机会近距离见到发哥。去南丫岛那天，我事先并不知离岛妇联邀请发哥支持慈善事业，就算预知了，也不敢肯定发哥本人会亲临现场，更不可能获悉他乘当天的轮渡班次。如今回想，那天与巨星的一面之缘实在是千载难逢的巧遇。

2008/08/02
火爆的动漫时代

　　电玩迷期待已久的"2008年第十届香港动漫电玩节"于8月1日正式拉开序幕,各种特别设计的限量版作品,琳琅满目的新书、新产品和新游戏,吸引了大批年轻观众。

　　这个动漫节非常受年轻人欢迎。很多青少年电玩爱好者三天前就开始在场外排队等候,渴望能买到自己心爱的动漫卡通玩具。展览闸门开启一刻,他们如潮水般涌进场馆,四处可见奔跑的孩子。一些知名厂商的展位前很快就聚集了大批电玩迷,气氛异常火爆,展商不得不组织专人维持秩序。

2008年适逢第十届动漫嘉年华展览活动,组织者特别准备了一系列精心设计的纪念品,还有各种活动和比赛,特别是一些崭新的动漫电玩,引得展馆内到处都是排长龙等候的孩子。这次的展览占地面积为126000平方尺,有百余家参展商和近百个创意摊点参加了展览。预计五天的展期,预计会吸引近六十万人参观。

展区内最引人注目的是大批Cosplay迷,他们年纪都不大,或戴着假发,或手拿兵器,或身着奇装异服,漫步在展位之间,见有人拍照,也不害羞,还主动摆出各式Pose,投入地演绎着自己喜爱的角色。当然,也有参展单位组织的动漫人物,扮演者都是专门雇来的,一看就是精心挑选出来的,服装、化妆和道具也颇为讲究,还有专门为他们搭建的舞台,灯光、音响和布景一应俱全,更有主持人在一旁"煽风点火",营造气氛。这些动漫模特大都身材玲珑有致,目光如炬。他们或笑容可掬地与观众合影,或不失时机地拿出厂家的新产品进行推销,闪光灯不断在周围闪烁。

动漫人物在日新月异的数码时代更加锋芒毕露,尽管它们与现实的距离很远,却是新生代心中的偶像。这些虚拟人物曾伴随他们成长,填补了他们青春的寂寞。一些动漫人物成为他们心灵的寄托,是他们在现实中寻找不到的良师益友。即便多年后,他们成年了,这些偶像也永远是他们割舍不去的回忆。

2008/08/13

偷学奥运马术比赛知识

奥运马术比赛首次在香港举行，尽管当时我在香港做记者，仍然一票难求。我深知，如果看不到奥运马术比赛将成为终生憾事。碰巧台里来人带了几张票来，于是8月12日晚，我有幸走进位于沙田的奥运马术比赛现场。后得知我看的这场比赛关键异常，将颁发奥运马术比赛的首枚金牌，也是历史上首次在香港颁发的奥运马术金牌。

这天是三项赛事的最后一天，观众特别多，现场有一万一千多人，大家都怀着兴奋的心情目睹这一历史性一刻。我坐在三十七排，位置偏高，视野不是很好。坐定后，我发现四周都是说普通话的观众，有些人的评论水平非常专业，原来，他们当中有中国马术队的。我一边看比赛，一边细听他们的谈话。那晚收获颇丰，我不仅观看了比赛，还增长了不少马术方面的专业知识，了解到一些内情，确切地说，是偷学了很多知识。

比赛于晚上七时一刻准时开始。场上座无虚席，气氛热烈，每当有骑手碰杆，观众就发出遗憾的叹气声，而当有骑手圆满完成跨栏动作时，大家则报以热烈的掌声。马术比赛选手必须要在九十二秒钟内跨越约十六个障碍，每碰掉一个杆，扣除四分，超时一秒扣一分。我国三项赛的选手华天因在前一天的比赛中被淘汰出局，无缘决赛。顺便说一下，有人认为华天失误处的障碍并无难度，是小河里翻大船，但专家认为，那个障碍其实不易，需要一定的技巧，而且那天下雨，操作难度比较大。后得知，华天的两位师傅代表澳大利亚队参加了比赛。该队的整体实力很强，最终以微弱分数落后冠军队，获得了团体亚军。华天的两位师傅自然也是高手，名次都在前十名内，其中一个甚至在前五之内。有这样的名师指点，相信华天早晚会有出头的一天。

德国队在之前的比赛中一路领先，技术超群，夺冠呼声很高。果然，他们在当天的比赛中表现不俗。德国选手时间掐算得非常准确，往往在九十秒多一点，完成所有的动作，而且碰杆的次数很少。最终，德国队以总分166.1的总成绩获得团体冠军。德国队的罗美基还以54.2分的总成绩获得个人赛冠军。其实在去年奥运马术测试赛中，德国队就已初露峥嵘，骑手弗兰克以53.40分的成绩获得国际马术三项赛冠军。

奥运马术比赛是男女混合参加的项目，也是奥运会中唯一一项完全体现男女平等的项目，自然不能小觑女性。比赛场上，女骑手的动作更加轻巧灵活，细腻准确。此次比赛的银牌、铜牌都被女选手摘得，她们都参加过2006年的世界马术大赛。

可惜的是，中国队无缘这次决赛。我身后的中国队代表成员说，中国队实力之所以弱，不仅是因为缺少好骑手，更重要的是缺少真正的参赛良马。难怪赛后德国的罗美基说："我要感谢我那匹神奇的马，它才是真正的明星！"

2008/08/24

谁说港人不爱国

香港是北京2008奥运会的分会场，马术比赛使港人有机会亲身感受奥运赛事和竞技带来的激情。

回想起来，香港真是个福地。奥运马术开赛前两天，天文台还预报有台风，并挂起三号风球。可比赛当天天气一直都很好；而比赛刚结束不久，香港就经历了多年罕见的九号风球，全港五十多棵大树被风刮倒。24日，九号风球一过，港人又可以放心大胆地在公园里观看奥运会闭幕式的转播了。难怪香港的一位政府官员说，老天似乎特别眷顾香港。

8月24日晚是北京奥运会的最后一天，也是沙田奥运广场活动的最后一天。数千香港市民早早来到这里，聚集在大屏幕前，翘首以待奥运会闭幕式的盛典。倒计时开始时，人们齐声呼应，好像自己也身临其境。精彩的节目不断引来观众如潮的掌声。

沙田奥运广场内，可见各式灯箱，看起来就像往年中秋到来时港人举办的灯会，只不过这次灯的主题和造型皆与奥运有关，如骑马或驾驶风帆的福娃，非常符合香港"马运之都"的特点。

在香港的各大奥运主题公园里，都能看到一个叫"祝愿阁"的临时小房子，屋内墙面上挂满了为北京奥运打气的祝愿签，语言朴实、真挚,充满了爱国、爱港的热情,其中也包括祝福"刘翔早日康复"的话语。

在北京奥运会期间,很多香港市民都观看了奥运赛事的电视转播,尤其对体操、跳水和乒乓球等项目特别关注,对一些运动员以及他们获得金牌的情况也如数家珍。采访时,他们热烈祝贺北京奥运成功举办,有港人亲切地称祖国为"金牌一哥"。

北京奥运会的成功举办,让很多香港市民感到骄傲。他们对中国体育健儿的表现感到满意,观看北京奥运不仅激发了他们的民族自豪感,也让他们对祖国充满了信心。

2008/08/29

港人最爱郭晶晶

2008年8月29日上午，我来到香港国际机场的停机坪，迎接中国奥运金牌运动员代表团。自1988年以来，已有五批奥运冠军代表团先后来港。

这天，机场记者云集。两层铁架子组成的记者台上密密麻麻挤满了人。由于天气太热，有记者将反光板当遮阳伞顶在头上，还有人索性用毛巾将自己的头和脸包裹起来，但仍无法抵挡烈日的酷晒，人们的汗珠不断地从额头滑落，后背不一会儿就全湿透了。

上午十一时，专机抵达机场。人们终于等到期盼已久的奥运冠军，可以看出，香港记者最关注的就是郭晶晶，他们的镜头拼命捕捉这个跳水冠军的一举一动，连机场工作人员都利用便利条件在冠军们上车前的最后一瞬间与她合影。

下午，香港特区政府举行招待酒会，我所在的位置恰好是冠军们的必经之路，对我来说他们刚好是迎面走来。此刻，当冠军们近距离从我面前经过时，我才真真切切看清他们的庐山真面目。应该说，冠军们与其在赛场上的面貌是不同的。赛场如战场，人人奋勇、个个争先，要的就是杀气腾腾和刀光剑影，而现实中的冠军和普通人一样，是谦和低调的。男生英武伟岸，女生妩媚动人。总之，他们与我在电视荧幕上看到的很不一样。

晚上看香港亚视的一个专题节目，讲述内地湖北某体校训练体操运动员的过程。很多孩子从五六岁起就被家长送进体校，追逐冠军梦。他们吃住在学校，长期见不到父母。两年的训练中，有的孩子因训练强度太大时常落泪，有的实难受体肤之累半途而废。一些孩子虽然坚持下来，仍要经历十分之六的淘汰率，竞争相当残酷，然而，这就是冠军之路。

望着眼前鱼贯而入的冠军，我的内心不由自主升起一分敬重感。他们付出的不仅是个人的艰辛，背后更是全家人的努力。这条艰辛的冠军之路完全超出常人的承受能力，用某体操教练的话说，他们每天做的，就是让孩子们突破常人的极限。

当你知道冠军原本也是普通人的时候，也就知道一块金牌的分量了。

2008/09/01

奥运冠军激发港人的爱国热情

奥运冠军访问团在港三天，因工作需要，我也与他们零距离接触了三天。三天来，他们的足迹遍布香港各地，各种活动应接不暇，日程安排得非常满，同时也让我感受到了港人对奥运冠军的爱戴。

在这短短三天时间里，冠军所到之处，港人无不欢天喜地，像对待凯旋英雄般地盛情迎接他们，可以说，港人给予冠军的荣誉是娱乐明星都望尘莫及的。

8月30日一早，上千名香港市民自发来到金紫荆广场，来自北京的奥运冠军们这天要来此地参加升旗仪式。不知是事先安排好的，还是即兴决定，升旗仪式结束后，主持人突然宣布奥运冠军会与在场市民见面，人群立即躁动起来，争先恐后向前涌动，翘首企盼自己心仪的运动员能出现在眼前。当冠军们真的排队走向人群时，大家兴奋地呼喊着冠军的名字，伸手与之握手。冠军们鱼贯而过，虽然只有短短几分钟，现场的气氛却非常热烈，以至冠军离去很久后，人群都不愿散去，好像刚才经历的是一场梦境。

上午，冠军们又分批到不同地区的场馆进行表演。我跟随部分冠军去了伊丽莎白体育场，这里进行的是体操项目的表演。正式表

演之前，一些运动员出来热身，观众席立即传来阵阵少女的尖叫声。她们对中国体操队的男队员非常崇拜，喜爱程度令人瞠目。有人手里拿着运动员的照片，有的举着写有运动员名字的牌子。最有意思的是一对闺蜜，座位紧挨着，却分别喜欢不同的偶像，手里拿着不同运动员的照片。我们问她们喜欢谁时，两人毫不隐讳自己的痴迷对象，大声说出运动员的名字。因为喜欢的偶像完全不同，她们还特意各自强调了好几遍，样子非常可爱。正式表演开始后，现场更是喊声一片，几乎听不清人们呼喊的是谁，我的耳膜被震得"嗡嗡"作响，不得不赶紧逃出场外。

下午，特区政府在香港大球场举办联谊会，三万多港人到场，三层座位的体育场座无虚席。当冠军们乘着一辆又一辆高尔夫电瓶车开进场内时，全场又沸腾了。人们起身冲冠军挥手，闪光灯连成一片。前排观众近水楼台，使劲伸长双臂，挣扎着想够到冠军的手，侥幸碰到的，立即雀跃起来。特别是每当载有跳水、体操、乒乓球和羽毛球冠军的车驶来，马上就会出现一排臂膀的密林，那种狂热的阵势十分罕见。

一个有趣的花絮是，当香港艺人容祖儿演唱完毕准备离场时，两个体操队的小姑娘突然追过来，要求与她合影。始料未及的容祖儿径自往外走，快到门口才听到有人喊她的名字，遂转过身来，见两个小冠军追过来，吃惊之余急忙停下来与她们搂抱在一起，高兴地合了个影。看着两个小冠军兴奋的笑脸，大家也会心地笑了。她们见到了心中偶像兴奋不已，甚至忘记那天自己才是主角。

8月31日下午，三天的访问结束了，冠军们满载着港人的深情厚谊，踏上了开往澳门的轮渡。在码头，送行的港人一次又一次呼喊着偶像的名字，不舍之情溢于言表。奥运冠军团成功访港，向港人传递了一个明确的信息：冠军是我们的，也是你们的。同时，冠军的到来不仅打破了港人单纯追逐娱乐明星的主流趋势，使年轻人的偶像更为多元化，也激发了他们对祖国的认同感。

2008/09/10

香港的"刘翔"

——苏桦伟

2008年9月10日，香港特区行政长官曾荫权对中国香港代表团在北京残奥会上取得一金一银一铜的佳绩表示祝贺。一枚铜牌是中国香港的田径选手苏桦伟在男子百米项目中摘得的。

提起苏桦伟，可以说在香港尽人皆知。出生半年后，苏桦伟因黄疸病入院治疗，不幸被查出患有肌肉痉挛症，之后又患上弱听，以致说话发音不清。成人之后，一些生活上的细节，如剪手脚指甲等至今仍需家人帮助。但他从小就喜欢跑步，1994年开始了自己的伤残运动员生涯，一跑就是十四年。在2000年悉尼残奥会上，苏桦伟大显身手，一举获得一百米、二百米、四百米三枚金牌。雅典残奥会上，他又拿下二百米金牌和一百米、四百米两块银牌。目前，他是男子一百米及二百米伤残人世界纪录保持者，被香港媒体喻为"痉挛飞人""神奇小子"，换言之，苏桦伟就是香港的"刘翔"。

我在香港马鞍山体育场的田径跑道上采访了他。尽管八月的天气闷热，但苏桦伟一圈又一圈地在赛道上奔跑着，如此高强度的训练他一周要进行五次。以前，他每天要进行一个小时的训练，但为了参加北京残奥会的比赛，教练把训练时间增加到两个小时。苏桦伟的教练认为他的步伐频率高，有斗志，很难找到像他这样有天赋的运动员。一个正常的运动员二十六岁以后运动生涯就接近尾声了，但他发现苏桦伟还有发展的潜力。

比赛之前，我问苏桦伟有没有信心拿到奖牌，他果断说："有，但是我要先好好跑，只要跑得好就会有机会！"当我们问他训练辛苦不辛苦时，他说："辛苦才能出好成绩。"朴实的话语让在场的人无不为之动容。后来，苏桦伟果然在比赛中拿到了奖牌，我发自内心地为他高兴。

港人虽然在奥运会上没有拿到奖牌，但残奥会上，他们却大显身手，实现了"零的突破"。这样的成绩不仅饱含香港特区政府的关注，也凝聚着七百万港人多年来为残疾人事业倾注的心血。

2008/10/18

闻香识港大

2008年10月18日,香港大学举行一年一度的开放日,两万多师生以及来自各地的咨询者目睹了港大这一沸腾时刻。

10:30,开幕仪式在校区中山广场正式开始。由港大各系学生组成的啦啦队依次出场,他们以押韵的顺口溜、整齐的舞蹈动作,展现了港大学生健康向上的风貌。

港大校长徐立之在一片欢呼声中走进广场,带领大家一次又一次振臂高呼:"HONGKONG U!"随后,学生们拉开了一个巨幅绿色旗帜,上面写着"HKU",将开幕式推向了高潮。

在采访港大的徐校长时,他表示这里的内地学生很快就能适应校园生活,与其他学生融为一体。近年来,港大希望把内地学生比例逐渐扩大到10%~20%,今年更将招收内地学生的人数扩大到三百名。

在港大校园里，随处可见各种肤色的学生，一些学生表示，他们喜欢港大的国际化氛围，以及浓厚的学习氛围和广泛的社会信息。很多内地学生认为在香港学习毕业后再到海外是个不错的选择，香港的求学经历让他们更易融入西方社会。两种地域文化的交合和碰撞非常有利于学生的成长，港大的学习气氛和生活将使他们受益终生。港大的办学理念是文化多元化，采访徐校长的时候，他特别指着远处两个走过来的尼姑说："我们这里学什么的都有，你看到的尼姑就是佛学院的。"

除了课堂学习，港大还非常重视学生的课外学习。在港大，学生宿舍并不单纯是住宿的地方，还是学会、社团教育和活动的场所。我们走进一座学生的宿舍楼，一出电梯就发现，门口吊着一个鬼骷髅，原来鬼节快要到了，楼道里到处都布置着相关的装饰物。在一个学生宿舍门口，我们见到很多漂亮的小挂件，一问才知这是"组妈"的房间。学生管女组长叫"组妈"，男组长叫"组爸"，刚看见的小挂件就是同学们送给组妈的礼物。该宿舍楼共有三百多个学生，据说这些日子他们正在开展"三百人是一家"的活动。我注意到学生们的邮箱是开放式的，宿舍门也根本不锁，透过敞开的门，里面的家具和生活用品一目了然，看来，这里已经做到路不拾遗、夜不闭户了。可见，"三百人是一家"绝非戏言。

其实，我来过港大多次，每次都是直奔主题，采访某个重要人物或领导，很少有机会近距离接触学生。这次，看到徐校长和学生们亲密互动的场景，深切感受到了沸腾飘香的校园文化，不虚此行。

2008/10/26
兰桂坊里的小土庙

兰桂坊经常举办嘉年华，这不，鬼节又快到了。想是兰桂坊怕人们忘记此事，特意举办了一个小型的美食嘉年华，提醒大伙儿盛大的西洋鬼节就要到了。

事实上，这次的活动已经有了些西方的"鬼气"。一些摊位开始出售洋鬼脸面具，也有人打扮成洋鬼模样徘徊在酒吧周围。在某酒吧门前，有一个洋人表演杂耍，节目幽默风趣，吸引了众多游人围观，其中一个节目是吹塑胶手套。他先将一个塑胶手套套在头上，然后用鼻子将手套吹成一个大气球的模样，气球越吹越大，最后爆炸，引来一阵欢笑声。

港人的嘉年华其实就是内地人的庙会。因为生存环境变了，文化背景和表达方式自然也发生了变化。在酒吧街，随处可见洋人们拿着一种特制的高口杯子喝啤酒，大约一尺多长。为防止酒杯过沉，设计者特意给酒杯上安装了一个带子，喝酒的人只要把酒杯跨在脖子上就可以腾出手来。

除了卖小吃的，还有商家不失时机推销商品。玩具城反斗乐也在这里搭台卖货，还请来专人扮作机器人充当广告，推销玩具。当然，这种场合最快乐的永远是孩子。总之，鬼节之际，这里满满的节日气氛,兰桂坊不愧是香港西化的标志性区域。

但就在完全西化的兰桂坊西边的一条小街里,我意外发现了一个袖珍小庙。别看庙身袖珍,只供奉了两尊观音,但香烟缭绕,气氛庄重,不时有本地老人走过来拜上一拜。身处异国情调十足的兰桂坊,这座小庙显得极不协调,也不搭调,甚至有些滑稽,但仔细一想,这就是香港。虽然被洋人统治了百年,但骨子里仍流着祖先的血,文化的根脉永远都不可彻底割舍。

其实这种小庙在香港并不少见,特别在离岛,遍地可见。但在兰桂坊这样一个酒吧林立、洋味十足的所在,就显得格外惹眼。兰桂坊创建于二十世纪七十年代初,历史三十余年,如今有五十多家餐厅和酒吧,到处散发着欧陆风情,被称作"富西文化"地区,但谁也没想到在如此看似摩登的地方会保留着这样一座小土庙。

小庙不是钉子户,尽管又小又土,尽管被异国的纸醉金迷和洋腔洋调所包围,被遗落在不起眼的角落,却兀自散发着幽幽的暗香,诉说着往日情怀、前尘种种。

2008/11/09
醉战神撞死洋酒鬼

2008年11月7日凌晨3:40，就在我的香港宿舍门口不远的跑马地黄泥涌道上，一辆价值百万的黑色高级日产轩逸将一个正准备打的回家的美国男子撞出十多米，送往医院后不治死亡。经警方调查，肇事司机酒精测试超标近三倍。巧合的是，受害人也是酒气熏天，据说出事前刚离开附近的酒吧。应该说此次事故源于诸多巧合。首先，两人均饮酒过量，神志不清；二是两人都沉迷夜生活；三是两人身份特殊，一个富家子弟，一个异国游客。

由于临街，每天深夜，经常可以听到高级跑车从楼下的马路上呼啸而过，车子经过改装，是没有消音器的跑车。因为是上坡路，驾驶员往往还要猛踩油门才能冲上去，所以那声音在夜深人静的街区显得格外刺耳绵长。由于道路两边都是高楼，巨大的排气声反复回响，经久不散，附近街区的居民都有过被一阵巨响惊醒的经历。

其实，这种噪音源自某些人为炫富有意发出的。也许在嚣张驶过的一刹那，驾驶者会生出一种强烈的成就感和优越感，但他们未必能考虑到别人的感受。午夜过后仍游荡街头，只能说明生活不甚规律；而拆掉汽车自带的消声器，故意发出强烈噪音，只能给人以虚荣浮夸之感。据说,那辆肇事高级跑车的型号被称作"战神",撞人后又跑出两百多米后方才停下。

事后了解到,受害者在非人行横道地带穿行,亦属违章。有专家分析:任何一起事故,都不可能仅由一个违章因素造成,往往是两个以上的不良因素共同作用使然。当两个或两个以上的人同时忽视社会秩序的时候,事故的发生也就在所难免了。

2008/11/14
终见刘德华

圣诞节将至,香港的商家闻风而动,准备在整年最佳的黄金时段抓住商机,做一年中的最后拼搏。

受金融海啸影响,很多港人的日子并不那么好过。雷曼迷你债券使三千多港人受害,至今官司还没扯清。汇丰、星展等银行相继裁人,掀起金融机构的裁员浪潮。露宿街头的人数上升,据说有不少是年轻的破产商人;雪上加霜的是,坏消息频传,澳门威尼斯度假村工程停工,预计有四千多香港工人下岗。然而就在这种巨大的压力之下,香港人仍然保持乐观的情绪。

海港城斥1300余万举办推广活动,在广场建造了一个模拟欧洲中世纪的火车站,并铺设轨道,还设计了一列长9米、高2.2米的可移动列车。正门口,商家用一个圆拱形的天花挂满了配有天使翼的旅行箱及钟表,并镶嵌有一万多盏LED灯泡,带出满天繁星的浪漫气氛。为

营造氛围，他们还在11月13日亮灯仪式那天特意请来巨星刘德华助阵。听说华仔要来，香港娱乐界蜂拥而至，不大的记者台站满了人。

晚上六时，揭幕仪式正式开始。一个八尺高的胡桃夹子老人出场，接着，四个混血美女领着几个身着圣诞衣的小孩现身，随后，六个性感红衣女郎配合圣诞音乐，大跳"坎坎舞"。现场气氛逐渐热烈起来，但记者们显然不为所动，大家都知道，真正的大头戏还在后面，人们等着巨星的出现。果然，当主持人宣布刘德华出场时，记者们好像听到了发令枪，各种"长枪短炮"立刻对准了楼梯，在干冰、彩灯和音乐的衬托下，主角登场了。

这是我第一次近距离见到刘德华。他站在距记者席三米远的台上，中等个头，人显得很清瘦，脸上始终洋溢着一丝含蓄的笑容，乍一看与其巨星身份似乎不太相称，但仔细一想，这正是他人缘好和有魅力的关键。

他上身穿一件咖啡色休闲西服，下面是一条灰白色的裤子，足蹬一双白色运动鞋，显得谦逊自然。说来有趣，这种运动鞋配西服的装束前几年在内地春节晚会上还被当作不懂穿衣品位的笑柄，如今却成为巨星们的最爱。

华仔与几个嘉宾在台上说笑一阵，内容当然也离不开金融海啸。他祝大家圣诞快乐，结交更多朋友，最后与大家一道启动了亮灯仪式。

华仔走下台后，记者仍然不放过任何一个机会，继续追踪拍摄他的一举一动。场外不断地传来女粉丝的尖叫和呼喊声，场内工作人员趁机接近华仔要求签字。此时，他离我只有不到两米远的样子。

海港城的高层人士表示，虽然金融危机给商家带来了一定冲击，但他们一点也没有缩减今年装饰广场的预算，并希望通过营造一个快乐的购物环境，使人们暂时忘记烦恼之事。可想而知，圣诞加春节，再加情人节，这是多么大的商机和诱惑，难怪商家顶着金融危机的逆风，斥巨资请来明星造势，这种精神刚好应了曾特首那一句话：香港人打不死！

2008/11/25
驻军换防不扰民

"来了！来了！"不知谁喊了一声，记者们的眼光迅速向口岸望去。

寂静的香港落马洲口岸空无一人，警察早就清理了过往车辆，施行了暂时戒严。口岸里的灯光是黄色的，在夜色中显得特别温暖，记者们的目光锁定灯光后面模糊的路面。

夜幕中渐渐出现一对小光点，随后是两对、三对……小光点越来越多，向后不断延伸着。不久，前面一对小光点已清晰地演变成一辆吉普车。我轻声自语："终于来了。"

这是解放军驻香港部队的第十一次轮换。去年，我亲历过一次驻港部队的轮换。转眼一年过去，第十次轮换的场景依然历历在目，所以，这次我是带着老记者从容的心态参与这次报道的。去年的今天，同一个时间、同一个地点、同一个天气，甚至同一个机位，本以为不过又是一次例行公事的报道，然而，不知怎的，当驻军卡车从身边轰鸣而过时，我还是再一次被震撼。

虽然时间过得很快，两年一晃就过去了，但两年来由于经常参与驻军活动的报道，对其印象绝不仅停留在一年一度的换防上。驻军的开放日、夏令营、献血日、义务植树日、海上搜救演习等，可以说，驻军与香港人民已经密不可分，并在香港市民心中树立了良好形象。一项民意调查显示，港人对香港驻军的信任度从驻港初期的三成上升至目前的九成三。

但驻军却是低调的，他们没有特权思想，没有居功自傲。其实，选在夜间换防就是为了避免扰民。说到不扰民，还有一个小故事。据说有一次，一辆驻军汽车在路上遇到堵车，正在疏导交通的警察很快在车队里发现了这辆军车，军车并未警笛大作地抢行，而是规规矩矩地顺行，后来还是警察迅速指挥军车后面的车辆停止移动，示意军车先行通过。在香港，执行公务的驻军部队车辆代表的是国家和军队履行职责，在道路拥堵时，引导军车先行是受法律保护的。然而当时驾驶驻军车辆的司机却微笑着向香港警察摆了摆手，谢绝了其好意。警察不禁肃然起敬："还是解放军自觉！"连苛刻的香港媒体如今也承认："平时驻军就像是隐形的，但每遇植树、献血、清洁维港、灾难救援等公益和治安活动，驻军总是悄悄出现，并做出最大贡献。"

25日凌晨一时许，陆军交接仪式正式举行，战士们列队整齐站在黑暗中，闪光灯下只能看见近处几个战士，更多的人只是一个模糊的影子，只有那些肩章和帽徽在闪光灯中熠熠生辉。这些即将离任的老兵静静等候着，脸上的表情凝重而沉静，没有片刻的杂念，好像周围的那些记者根本不存在。显然，他们没有留下一丝遗憾，尽管香港人记不住他们姓甚名谁，尽管外人对他们还有着这样那样的误解，但在我的心目中，他们个个都是那么英武，那么醒目。他们是最可爱的人。

2008/11/29
素颜何雯娜

2008年11月20日下午，香港沙田马场迎来了一批特殊的客人，他们是中国国家体操队和蹦床队的队员。应香港马会邀请，队员们特意来这里参加沙田马场三十周年时间囊的置放仪式，借以表达对香港运动员的祝愿。

为了感谢香港赛马会运动医学及健康科学中心在奥运期间对国家运动员的支援，国家体育总局体操运动管理中心的二十四名官员、教练、体操队和蹦床队的运动员来到香港马会沙田马场。他们当中有体操队的黄旭、邹凯、肖钦、陈一冰、吕博、董振东、程菲、杨一琳、何宁、肖莎，以及当时的偶像级运动员何雯娜等。

邹凯、陈一冰等帅哥级体操运动员上次来港时，大秀健硕的肌肉和优美的体操技艺，赢得港人的喜爱，据说这次他们又安排了几场表演。但其中最引人注目的当属何雯娜。这个羞涩的小姑娘首次参加奥运会就以自己轻灵的动作和完美的空中姿势，为中国代表团拿下了第三十八枚金牌。当时在赛场上，她即将落下的一瞬，观众屏住呼吸，目不转睛地盯住屏幕，时间似乎都凝固了。当她最终稳稳站定后，所有观众都记住了何雯娜灿烂的笑脸。她那灵巧优美的空中姿态和姣好乖巧的面容深刻铭刻于观众心中，被誉为"史上最

靓奥运冠军"。

　　上次奥运冠军代表团来港时因人数太多，且都穿着国家队的统一服装，所有队员的个性都变成了共性。这次，由于只有体操队和蹦床队队员来港，所以显得较为引人注目。有趣的是，这次队员们都没有化妆，一律素颜便服现身，使得大众有机会近距离一睹他们的庐山真面目。

　　十余位队员将他们对香港体育同行的祝愿写在祝愿牌上，并一一上台宣读了自己的祝词，随后将祝愿牌放在祝愿树上，借以鼓励马会及社会各界继续关注和推动体育事业的发展。这棵祝愿树将被放置在沙田彭福公园，供香港市民参观。香港马会主席陈祖泽和行政总裁应家柏先生将记录有马会过去三十年对社会所做贡献的光碟放进时间囊内，寓意马会与香港市民生活息息相关，一同成长，支持香港发展，为社会做出更大的贡献。

　　奥运虽然结束了，但人们不会忘记那些为国家争光的运动员。这次，他们再次来港，一方面表达了对香港体育同仁的祝福，另一方面也感谢了一直关注国家体育事业的香港同胞。他们的素颜便服告诉我们，其实冠军并非天才，同样来自普通大众。

2008/12/06
宇航员飞临香港

2008年12月5日上午11:40，港人企盼已久的航天员翟志刚、刘伯明、景海鹏走出香港国际机场。大厅立刻沸腾起来，三百余名小学生如同三百多个巨大的音箱，齐声迸发出高分贝的唱响："欢迎！欢迎！"有人举着一个藏名诗的牌子，上面写道：

志气刚强航天员，

震惊海外鹏展翅。

伯乐英明选将才，

为国争光耀环球。

后知，这是黄楚标学校校长梁兆棠当天早晨的即兴之作。

"神七"的成功发射和中国宇航员首次漫步太空，极大激发了港人的爱国热情。它标志着中国航天事业迈进国际先进行列，是中国太空科技发展的重要里程碑，不仅是内地十三亿人民的骄傲，也是七百万港人的骄傲。而承担太空作业任务的三名宇航员更是港人心目中的英雄，他们不仅成为中国探索宇宙的先驱者，更彰显了坚韧、毅力和刻苦的精神，无愧于担当新时代的偶像，特别是新一代香港青少年的楷模。从杨利伟到费俊龙、聂海胜，港人迎来了一批又一批航天英雄，见证了中华民族征服太空、探索宇宙的过程，而这与港人执着拼搏、乐观向上的精神不谋而合。眼下正值金融危机,很多港人的生活面临困境,宇航员来港前,有人还担心港人的热情会不会因大环境低迷而受到影响,但当宇航员们真的莅临东方之珠,他们受到的礼遇不亚于奥运冠军。

在随后的记者招待会上,景海鹏说:"港人以勤劳和智慧打造东方之珠,与载人航天特别能吃苦、特别能战斗、特别能攻关的精神一脉相承,相信港人一定可以战胜暂时的困难,创造经济美好的明天。"

宇航员成为民族英雄并不奇怪。二十世纪六十年代,苏联宇航员加加林乘坐"东方"号宇宙飞船进入太空,成为世界上首个进入宇宙空间并从宇宙鸟瞰地球全貌的人。此后,他的名字家喻户晓,其个人也因此荣获列宁勋章,并被授予"苏联英雄"和"苏联宇航员"称号。加加林曾多次出国,访问过二十七个国家,二十二个城市授予其"荣誉市民"称号。以他的名字制造的手表等工业产品不计其数,成为游客的收藏品。

几天来,三名中国航天员也成为港人的偶像。6日下午,宇航员们来到香港中文大学,与大学生进行交流,很多学生为他们的拼搏精神所鼓舞。宇航员的讲话赢得了学生们一阵又一阵的掌声,但宇航员们却很谦虚,他们告诉香港大学的学生,还有八位同时参加训练的宇航员这次没有执行航天任务,他们也以一颗"平常心"继续学习,争取今后执行更多的任务。

2008/12/14
大屿山：香港重要的宅基地

香港共有263个离岛，占总面积的16%，比较有名的是大屿山、南丫岛和长洲岛。其中以大屿山的面积最大，共计141.6平方公里，相当于两个香港岛。香港的国际机场、迪士尼乐园都建于此岛。

大屿山由青马大桥与九龙连接。原先，我只知大屿山有著名的昂平360缆车和世界最大的露天青铜佛像，后来才知大屿山还是香港人的一个重要住宅基地。大屿山有香港最长的海岸线，蜿蜒崎岖，港湾和沙滩众多，地貌多样，环境清幽，非常宜居，备受外籍港人之青睐。

从地图上看，由上及下，愉景湾、稔树湾、梅窝都是适合居住的里海港湾。在愉景湾，可见一片片洁白的沙滩和一排排花园式别墅，在天水一线的蔚蓝背景衬托下，格外醒目，俨然一派北美风情。街道干净整洁，花团锦簇，居民谈笑风生、悠闲漫步，活脱脱一个世外桃源，难怪某大学教授说，他虽在九龙上班，却宁愿每天过海，居住在大屿山的愉景湾。

此处各色人种随处可见，外籍居民占比很大。走在街上，还恍惚以为身在异国他乡。许是为了迎合外籍人士的口味，这里的楼台亭阁、街道花园，甚至一草一木皆按西洋风格设计。

远处沙滩上有人在练功夫，初以为是太极，到跟前一看，才发

现是截拳道，有趣的是，教练和学员都是外国人。李小龙与香港有着不解之缘，眼下正在热播他的传记电视剧，不知道这几位是不是受到了电视剧的影响。

离开愉景湾的时候，在海边见到一艘西洋式帆船，显然，这是一艘用于观赏的复古船，不知是不是一艘战舰。只见它静静地停靠在港湾里，威风凛凛的，蓄势待发，似乎正在酝酿下一场充满冒险的旅途。有趣的是，在梅窝还见到一艘中国传统龙舟，虽然船身比较破旧，但龙头却是崭新的，给整个船体赋予了新鲜的活力。龙嘴微微张开，似乎在诉说着这块土地往日的沧桑。一天之中见到两艘不同风格的船只，反差如此强烈，不由想起某位捷克作家的话："历史事件如同在我们摇篮上方的硝烟，对我们一生都会产生影响。"

如今，香港不仅是闻名世界的国际大都市，也是一个文化的大熔炉。某些地区，西洋文化甚至还处于主导地位，风头很盛。无论是在时间上，还是在空间上，传统与现实、东方与西方，香港把不同背景的文化交织在一起，让不同形态的思维方式互相催生。香港就是这样，有的地方洋味十足，有的地方土得掉渣，这使得香港的形象时而鲜明、时而模糊，形成了中国大地上的一块独特的文化之地。

2008/12/18
马　趣

"国泰航空香港国际赛事2008"是全球瞩目的马坛盛事，被誉为"世界草地皇者争霸战"。12月14日，香港沙田马场，数十匹来自各国的顶级"战马"云集香港，本次奖金总额高达六千两百万港元，央视体育频道亦派人前来报到。

此间共十场比赛，扣人心弦。一般来说，人们的注意力都会集中在马身上，如马的近期战绩、马的负重、骑手实力等，我是外行，索性将注意力放在马的名字上，意外发现马的名字竟也很有意思。有的马名展现出其勇猛顽强，有的自诩马匹的俊逸潇洒，还有的稀奇古怪，令人费解，却个性十足。有趣的是，当你把每场参赛的马名连在一起看时，不免生出诸多遐思。

第一场1号马叫"纸醉金迷"，这是港人热衷赛马以及生活多彩的写照。可见，"马运之都"绝非浪得虚名，难怪赢得了奥运马术比赛的主办权。本是单纯的娱乐项目，却最终玩出了精妙，也是一大奇观。如今，赛马已成为港人生活中的不可或缺的组成部分。

2号赛马叫"零用钱"，谐趣得很。赛马是一种消遣，小赌怡情，见好就收，用零用钱玩玩也就罢了，不能将其当作正事，如若嗜赌如命，泥足深陷至倾家荡产，就得不偿失。

第二场中，比较有个性的名字有"功夫""战士""消费王""威猛情人""喜万家""自家威"。前两个马名寓意马匹之勇猛，是比喻的手法。中间两个让人产生联想，忍俊不禁，试想：没有"消费王"，哪来的"威猛情人"？最后两个显然是取其吉祥之意，自娱自乐而已。

第三场出场的都是"大人物"。1号叫"红衣司令"，2号名"皇帝出巡"，8号叫"星运伯爵"，10号是"最佳孖宝"。前三者以拔高头衔威震四方，你叫"伯爵"，我就叫"司令"，你是"司令"，我还可以自封为帝。而"孖宝"的意思是指"两个人"，有"两人并肩战斗"之意。真够热闹的！

第四场颇有意趣的马名有"迪诺医生""网络电邮""多乐谷""摩泉""珠宝世家""包装大师"。"网络电邮"代表当今最热门的领域——IT行业，以此为名，很有创意。若说"网络电邮"还可理解为速度飞快，那么，"迪诺医生"就实在令人百思不得其解了，不知道这匹法国赛马的主人是怎么想的。后面两对马名可联系起来思考："多乐谷"里流出了"摩泉"，"珠宝世家"再厉害也不如"包装大师"能化腐朽为神奇。

第五场的马名无不杀气腾腾。1号"阿帕奇猫"、7号"桂冠战士"、8号"威剪刀"，这几个摆在一起立刻给人不寒而栗之感。特别是"阿帕奇猫"，借用美国最先进的战斗直升机之名，瞬间显得鹤立鸡群。事先有专家预测这匹来自澳洲的"阿帕奇猫"将会夺冠,遗憾的是,它最终名落孙山,让很多马迷大失所望,损失惨重。

第六场中给人印象最深的是两个充满了爱国情怀的马名,一是"中国陆家",一是"中华英雄"。听说近来武汉也在搞赛马活动,估计未来这类名字最受欢迎。

第七场出现的马名展现的都是满满的人情味,也最具传奇色彩。1号叫"好爸爸",10号叫"努力比拼",11号叫"名贵礼物"。"好爸爸"是2008年度的马王,还当选为"最佳一哩马"和"最受欢迎马"。当天,"好爸爸"不负众望,冲刺阶段从外档以雷霆万钧之势居上,几个箭步便将对手抛开,轻胜两个半马位,引得全场掌声雷动。它不但蝉联此项锦标,且以1′32″71打破沙田马场1600米纪录,为香港本地马赢得了一个冠军,奖金高达一千多万。再联想本场这些有趣的马名,可理解为"好爸爸"经过"努力比拼",最终获得了"名贵礼物"。

第八场更是热闹非凡,有"爆冷"和"爆炸","皇家艺人"和"骏马画家","希腊宝马"和"飞鹰山","电眼美人"和"放纵不羁"。讲真,不得不佩服港人大开之脑洞,没有他们用不到的,只有他们想不到的。

第九场出现的全是"美食",让人垂涎欲滴。3号叫"芝麻雪糕",4号叫"再丰裕",6号叫"好芝味",11号是"水晶皇"。4号听着像凉菜,6号和11号显然是主菜,3号俨然是饭后甜点——光看名字就秀色可餐。

最后一场,出来的1号叫"开心多多"——您说,香港人看赛马能不开心吗?

2008/12/25

热闹的工展会

香港每逢年底都会举办工展会。展会内容以食品和生活用品为主,有点类似于内地的年宵购物会。总体来说,展会上的货品相对便宜,每次都会吸引大量港人前来参观购物。2007年的参展人数高达193万人次,2008年虽然正值国际金融危机,但商家们采用打折贱卖、薄利多销等手段,生意反而比往年还好。

第一届香港工展会1938年举办。此后,基本每年一次,但在1973至1993年间不知何故停办了二十次。1994年恢复,至今已是第四十三届了。2008年的展场面积达两万八千平方米,参展商有七百五十个摊位,其中香港名牌广场就占两百个。一些本地历史悠久的老字号,如"李锦记""同珍""南顺""淘大""鸡仔唛"等均在展会上亮相,开幕时,连特首都前来剪彩。

整体上看，香港工展会要比内地的年宵购物会讲究，一些厂家不惜工本修建复杂的展室和摊位。参展商的铺面大都装饰华丽，设计新颖，鲜亮夺目，还有的雇人穿着卡通人的服装在场内来回游走。店员大都戴着耳麦，透过扩音器高声叫卖，往往是一个较大的展位有三到六个推销员同时吆喝，热闹不迭。若刚好几个大展位聚在一起，不同厂家的推销员互相叫卖，场面就更为壮观了。曾有一位女推销员采取连续作战策略，不停喊叫，认定只要制造更大、更多、更尖锐的声响就会起注意。

为了促销，一般售卖食品的厂家都会提供免费试吃，但凡遇到这样的摊位，市民就会自觉排队，耐心等候，有的要等上好半天才能轮到。品尝的内容五花八门，有饮料、鸡汤、点心、方便面、肉串、肉干、糖果、保健品等，如果你有足够的耐心和时间，光是试吃这些小吃就足以果腹了。

还有商家会现场示范，有炒菜的、切肉的、擦玻璃的、煲汤的，在一些兜售厨具的角落，常是烟火缭绕，香气扑鼻。锅碗瓢勺叮当作响，一派热火朝天的人间烟火。一卖药商家奇思妙想，声称谁买他家的产品可当场转盘抓奖，引得一些老人驻足围观。

如今，工展会已成为港人生活中不可或缺的一部分，就像一个老友，每年定期如约而至。据说，一些内地游客也开始到这里扫货，想必这其乐融融的场面会越搞越红火吧！

2009/01/01
与港人一起欢度新年之夜

2008年12月31日晚十时，我踏上开往九龙的天星小轮。再过两个钟头，我将与香港人，准确地说，是与来自世界各地、不同种族的人一起共度除夕之夜。

一上岸，立刻传来一阵热烈的欢呼声。我诧异地向四周望去，发现都是陌生的面孔。人们只是兴高采烈地呼喊着，像是在迎接什么远到的来宾。我意识到今天必定会有大人物到场，难道他们刚才错将我当成特殊的来宾了？

随后我发现，是自己想多了。事实上，所有在场人员都已融入辞旧迎新的热烈气氛中来，难怪个个兴奋不已。采访之时，一个警察以异乎寻常的热情冲我们打招呼，问我是不是从北京来的，随后又告之他的同伴也是北京人。我急忙上前与那个远在香港的老乡握

手寒暄。在拍摄汹涌人潮的时候,有坐在地上的学生兴奋地向我们招手。当我们提出采访他们时,对方欣然接受,像中了大奖般。有学生说:"希望新的一年祖国不会再有那么多的灾难!"一句话说得我们内心热乎乎的,霎时体会了"辞旧迎新"的含义和分量。的确,过去一年中,国家经历了太多的灾难,每个国人都见证了过多的艰辛,背负了过重的包袱。我们不仅希望新的一年早点到来,更希望旧的一页快点翻篇。

我们继续往里走,在一处人群聚集的地方,又一次受到热烈的欢迎。尽管听不懂他们在欢呼什么,但与之匹配的热情还是感染了我。一问才知,原来他们是马来西亚人,那一刻我才懂得,什么叫"友谊无国界",什么是"温暖无理由"。一路享受着"贵宾"的待遇,我终于来到二楼的平台。时间尚早,这里只有一些工作人员和记者,我借机仔细端详起美丽的维港来。在九龙对岸观看璀璨的港岛已不是第一次,但那一晚,维港展现的不仅是一幅别致的美景,更是一个绚烂缤纷的舞台。少顷,对面的国际金融中心二期将进行"倒数咏香江"的大型活动,以灿烂的焰火和振奋人心的音乐迎接新年的到来。

这时,一阵风笛声传来,嘉宾陆续上来,平台上的人越来越多。很多平时只是一面之交的人,或陌生人,彼此间都像久违的老友般,异常熟稔起来,相握的手久久不肯松开。

晚上11:40左右,下面一阵躁动,欢呼的分贝猛然间提高,想来必定是最为尊贵的嘉宾到场了。果然,香港特首曾荫权携夫人走上阶梯;随后,著名歌星谭咏麟、李克勤献歌一首,场上的气氛达到高潮。

终于,倒计时开始。现场四十万人齐声高喊,不过短短十秒,却秒秒掷地有声。当国际金融中心的火花怒放的刹那,谭咏麟、李克勤二人唱道:"谁又会知我们有多久,谁亦明白火花有多猛烈!"

当晚,一首烟花会演的主题歌表达了在场所有人的心声:

再过两秒漫天有巨变

似变脸变出千重光线

掩映出身边一张脸

来留念 或挂念

我有勇气耐心应万变

我有我理想清晰可见

一息间光彩终不见

我亦能 再踏前 新一天

灯火仿佛烟花的璀璨

证实其中多少爱心在人间

从明天一起再出发

犹如今宵充满希望

游历过万人盛况 愿我比昨天开朗

从明天一起再出发

原来相信便会有光

不管你在哪方 任何地方

记着这里烟花如此好看

2008年太过不易,难怪有香港报纸提醒港人新年要"系好安全带"。但我仍持乐观态度,并以一条诙谐的短信作为对朋友们的祝福:"告别〇八,一切'鼠'于过去;笑迎〇九,必定样样皆'牛'!"

2009/01/09

锁住飞翔的快感

2009年1月,香港举办亚洲杯花样滑冰锦标赛。优美的冰上芭蕾吸引了大量的观众,而选手们顽强的敬业经验,也感动了包括我在内的现场观众。其中一位女选手在表演时,被男选手抛出,没有安全落地,失去平衡后,摔倒在地,腿部膝盖受伤,鲜血直流,但她不下火线,继续完成了所有规定动作,赢得了观众的热烈掌声。为了纪念这个日子,我特作小诗一首:

锁住飞翔的快感
一缕阳光从天井洒下,
起飞的时刻已到。
轻轻地,展开翅膀。
转瞬间,分外妖娆。
时而辗转,时而腾挪,
有速度,才有力度。

有胆量，才敢飞高。
只要认了真，
就值得骄傲。
陶醉的岂止是观众，
最美的是胜利的微笑。
失败是常有的，
摔倒也在所难免，
为了展示飞翔，
流血时可能根本不知道。
成功不是所有，
失败只是过程。
灿烂虽然短暂，
我心依旧执着。
低下头，把羞涩藏起，
起身时，有掌声回报。

2009/01/15
特区政府果断禁烟

不久前，偶然替人买了两条香港烟。因为平时不吸烟，所以特别仔细观察了一下香烟的包装，越看越觉得有趣。烟盒左侧一个骷髅人坐在沙发上吸烟，面前的烟灰缸俨然是一个骨灰坛，画面下方郑重忠告"吸烟足以致命"，而包装的右侧则是"红双喜"字样。大红的"双喜"分外醒目，与左边的骷髅形成荒谬的对比。

为了规劝烟民戒烟，特区政府规定香烟包装盒上一定要印有提示吸烟有害的画面和忠告，并于2007年1月1日起，禁止在公共和工作场所吸烟，违规者最高可罚五千港元。碰巧手里的香烟品牌叫"红双喜"，才有了一边是"死神来了"，一边是"双喜临门"的尴尬意境。

其实，有关禁烟与否的争论正在于此。如果你说吸烟浪费钱，有人会说不吸烟的也没见发了财；如果你说吸烟有害健康，有人会说吸烟可以提神，可以拉近人与人之间的距离，甚至可以驱赶蚊蝇；如果你说吸烟短命，有人会给你举出一长串著名的长寿烟民予以反驳。但尼古丁的危害却是不争的事实。据世卫组织最新报告，癌症已超过心脏病而成为全球致死头号杀手。2008年，有1240万人被诊断为肺癌，预计到2030年，将有2640万人罹患肺癌。在某些发达国家，烟民人数正在下降。美国成年烟民人数已将至不足20%。为扭转局面，一些烟草商加大了对其他国家的投资力度，希望转移利润增长点。而在中国，吸烟队伍却在日益壮大。据了解，世界40%的烟民聚集于中国和印度。有传我国烟草生产及消费有八个"世界第一"：烤烟种植面积第一、烤烟产量第一、烤烟增长速度第一、卷烟产销量第一、卷烟增长速度第一、吸烟人数第一、吸烟人数增加数量第一、烟税增长速度第一。我国现有3.2亿烟民，且人数还在攀升，对国民健康构成极大危害。2007年，北京市居民死亡66421人，24.5%死于恶性肿瘤，位列死因首位，其中肺癌患者人数占到29%。预计到2025年，中国将有100万人死于肺癌。

吸烟不仅对烟民有害，也对周边的人产生不良影响。据说，吸烟者通常只吸人三分之一的烟量，剩下三分之二都吐到周围的空气中，难怪，现在很多肺癌患者平时根本不吸烟，多是受了二手烟的危害。中国人最讲情面，很多时候不好意思向递烟人说"不"，没有勇气向在公共场所的吸烟者提出抗议，羞于承认没有戒烟的毅力……这些不良心理导致社会全面禁烟的工作开展困难。

"红双喜"本是寓意"喜庆"，但特区政府却未网开一面，仍在烟盒上印制了骇人的警告和画面，可谓"不讲情面"。在戒烟这个问题上，特区政府行事果断，开了国人全面禁烟的先河。

2009/02/05

下签吓不倒香港人

港人每逢新年热衷烧香和抽签。2009年正月初一一大早,位于新界的圆玄学院里就香火缭绕、人头攒动,特别是元辰殿内,更是摩肩接踵,好不热闹。

按照当地生肖运程之说,2009年属龙、属牛、属蛇的都犯太岁,现场的"犯太岁者"每人花三十元买上一把香,围着大殿转圈,在六十个太岁面前一一拜到。

由于殿内不让烧香,人们都在门外的香案上焚烧香烛,致使满院烟雾缭绕,扑鼻呛眼,连站在屋内的人都感到窒息。据说大年三十那天,黄大仙里有好几万香客,上香都排不上队。

在香港，不仅普通百姓习惯上香求神，连政府官员也有抽签拜神的。初二上午，新界乡议局主席刘皇发到车公庙为香港求签，不巧，求了个下签。有解签师说："签文寓意香港经济会受外来因素影响，提醒港人要团结一致，缔造和谐社会，勿要太多纷争和埋怨，只要凭借一贯勤奋拼搏的精神，至下半年，各行各业均会景气起来。"

但也有人借题发挥，说是2003年抽得下签，遂爆发了SARS，所以这次的下签仍属不祥之兆。说来也巧，晚上维港燃放焰火，一艘趸船突然起火，虽很快被扑灭，却有人说这是下签带来的厄运。其实，那晚的焰火还是相当成功的。从晚上八时起，历时二十三分钟，发射了23888枚烟花弹，共分十幕。尤其第十幕"歌唱祖国"十分精彩，首次发射红色的"六"和"十"字，万弹齐发，震耳欲聋，耀眼的烟花照亮了维港上空，配以雄壮的音乐，引得现场观众高声喝彩，将整个烟花会演推至高潮。据说，当晚有二十五万人冒着严寒站在维港两岸观赏，很多人是举家出动。显然，以偶然事故来对照下签的寓意实在是牵强附会了。

尽管有人认为下签寓意牛年港人要面对艰辛的一年，但曾几何时，美国《财富》杂志刊登的《香港之死》一文，预言香港"完了"，应该说，那是当时最大的"下签"。然而，香港回归十年的成就证明，那不过是一纸笑谈。有了这么多年"打不死"的经历，面对今天的下签，大多数港人还是相信，只要市民、企业与政府同心协力，必定能够克服万难。

说穿了，算命也好，求签也罢，都是形式，不足为信。小至个人运程，大至国运，无不需要切实的努力和拼搏，坚韧的意志和强大的信念才是我们立于世界民族之林的不败之王道。

2009/02/10
港人精神

一年一度的香港渣打马拉松赛是当地最具群众基础的体育赛事，其特点是参与人数最多、气氛最轻松、影响最广泛。

渣打马拉松从1997年开始，历经十年，香港人的参与热情丝毫不减。当男女老幼沿着立交桥潮水般涌来时，当有人在终点高举胜利的手势或激动地与同伴拥抱时，没有人不被感染。我们问一位七十多岁的老人为何参加比赛，他说："没有原因，就是喜欢，所以来了。"

每年，渣打马拉松可吸引逾20万人参与。由于赛事灵活，包括十公里赛、半程赛及全程赛，所以参与者众多。2009年，香港更有超过55000人报名参加比赛，打破历年纪录。按照香港690万人口计算，参加人数大约占到0.8%，每1000个港人就有8个报名参加活动，难怪，有人惊异一夜之间香港从哪冒出这么多马拉松选手。其实，对港人来说，马拉松更像一个嘉年华，重在参与。很多人只是跟跑一下，未必有始有终，还有些人干脆是用走的，快到终点时象征性地跑一下。

香港地域有限，举办马拉松这样的赛事可能会引起严重塞车或扰民。据说，当天有两百条巴士线路受到影响，多条道路暂时封闭。由于主办单位策划精密，政府积极配合，所以很少有民众投诉和抱怨。反倒是因为一些参赛者不够专业或不适应天气而体力不支，出现不适和晕倒，引起人们的担忧。2008年，有两千多人次感到不适，到2009增至五千多人次，其中十六人被送往医院，但这仍无法阻止港人挑战自己的勇气。

说马拉松气氛轻松，是因为现场气氛犹如庙会，并无严格意义上的竞技之感。终点有啦啦队塔台跳舞助兴，有广告商提供巨幅广告吸引眼球，亦有渣打员工组织的欢迎团队敲击气球棒助威。最有意思的是，有些人还穿着稀奇古怪的服装跑在队伍中间，有穿白雪公主裙的，有扮成米老鼠的，有戴着熊猫卡通道具的，这些妙趣的参赛者常常引起围观群众的的热烈回应。

和往年一样，冠军仍然是肯尼亚人。虽然胜出者中没有港人的身影，但人们兴致不减，亦不气馁，大家以国际化都市的宽广胸襟承载着这个世界级的梦想，热情回应着她的每一个脉动——这就是港人的精神。

2009/02/19
小议香港民生

香港《文汇报》每年举行一次"特区政府施政十件大事"的评选活动。通过评选不仅能看出过去一年港人关心的热点问题，还可以回顾过去一年特区政府施政的重点，以及今后一年可能的施政方向。在2008年的十件大事中，"香港紧急立法防三聚氰胺食品袭港"以超过6.6万张得票位居榜首，"香港成功协办北京奥运马术比赛"以及"特区政府推出多项措施应对金融海啸"以6.5万和6.2万张得票分列第二和第三。

从评选结果可见，作为一个开放的都市，许多不可控的外因可能会在极短时间内突然冲击香港，给特区政府带来严峻挑战，因此，特区政府在制定施政措施时，也越来越考量外来因素的影响。

香港作为一个以金融、服务和旅游为主导产业的城市，本身没有制造业，小到针头线脑、水果蔬菜，大到电脑通讯、办公家具，都要依赖外部进口。在香港的菜市场，随处可见巴西猪肉、泰国大米、美国鸡蛋、日本红薯，以及内地过来的蔬菜。用一个稍显夸张的玩笑形容就是，世界上任何一个地方感冒，香港就咳嗽。

对港人来说，食品质量是否过关是关系民生的大事。香港媒体经常可见有关食品问题的报道，内地奶粉问题曝光后，香港报纸率先披露了来自内地的酸奶也出了问题,后又发现了问题鸡蛋,搞得香港本地牛奶和鸡蛋价格上涨,央视《经济半小时》栏目也进行了相关报道。

最典型的还有禽流感问题。内地接连发生四宗H5N1感染个案,引发香港媒体高度关注,特区政府对此始终保持戒备状态,严格规定每日进口的活鸡数量,而且规定活鸡不能过夜,必须当晚宰杀。这次评选的"十件大事"之六是"特区政府收回活鸡商贩牌照预防禽流感"。通常在新年临近之时,市民对活鸡的需求量都会大增,但食物及卫生局却不得不做出农历新年不增加供港鸡只数量的决定,只维持在一万五千只,令活鸡批发价上升至历史高位,升至每斤逾百元。市民要买一只活鸡过年,动辄两三百元。由于活鸡数量过少,也影响了很多商户的生意。因不满食卫局多次忽视业界要求新年增加鸡量的诉求,二十余名鸡贩及家禽批发商示威请愿,从电视新闻画面可见,鸡贩们非常激动,与警察发生了冲突。但事关市民健康问题,谁也不敢大意,特区政府不会因个别人的利益而忽视公共利益。

所谓"大事",说白了就是与民生有关的事件,难怪香港特区政府政务司司长唐英年在"十件大事"颁奖典礼上说,来参加颁奖好像是"代表政府来领取成绩表,一份市民一人一票评选的成绩表"。不管事件的源头在哪里,只要波及香港民生,就是特区政府的大事。当然,评选目的是吸取成功的经验和总结失败的教训。

此次评选由香港二十四家传媒机构联合主办,五十七家商会、妇女及青少年团体、侨界及教育界代表机构协办,一百三十七所大中小学及社会大众广泛参与,共回收选票约十三万张。"十件大事"不仅让我们重温了作为多事之秋的2008年,也让我们体会到了香港市民参政议政的强烈热情。

2009/03/16
跑马地墓园：香港近代史的缩影

通常，人们到香港主要是购物，应不会想到去当地的墓园逛逛。其实，香港不仅是购物的天堂，也是多种族和具有多种文化背景之士的长眠之地，特别是跑马地墓园，可说是融汇东西文化、宗教和艺术的特殊场所，是香港近代史的一个缩影。这里分布着具有基督教、天主教、印度教、回教等风格气韵的墓区。墓主人有外来的移民、传教士、商人，也有本地乡绅、贤达，甚至辛亥革命时期的烈士，每块墓碑和墓穴都蕴含着一个传奇故事。

墓园环境优美，景色宜人。一进门，映入眼帘的是绿树如茵和鸟语花香。崎岖的小路蜿蜒向上，泛着青苔的路面斑驳沧桑，一溪清水从沟渠里缓缓自上而下淌过，偶尔带走一片半片的花瓣，在细雨蒙蒙的清晨，潮湿的空气中夹杂着不知名的花香，置身其中，让你根本联想不到属于墓地的那种阴森、凋败的气息，只感到一份发自内心的平静。

跑马地墓园可看作一个花园式的历史博物馆。据说，有些大学专门组织学生到此处参观。园内的墓碑个性鲜明，不仅造型各异，且风格别致，彰显了逝者各异的宗教文化背景、社会地位身份，是香港作为东西方文化熔炉的真实写照。墓碑的雕塑丰富多彩，有悲伤的天使、慈善的耶稣、象征和平的鸽子，以及代表逝者职业特征的各式专业工具。大多数墓碑用料讲究，雕工精细，令人叹为观止，堪称墓碑雕塑艺术的博物馆。

除了墓碑，还有异彩纷呈的墓志铭，其中以英文居多。有子女在母亲的墓碑上写道："一个亲爱的身影从我们的视线中消失了，一种我们热爱的声音凝固了，一个在家中永远无法替代的位置空缺了。"阅后，不禁唏嘘不已，感叹生命之可贵与无价，以及亲人对往生者的哀思。如果有耐心，还会在这里找到很多小短诗，有些写得精美绝伦，回肠荡气。细想，墓碑不过一块石头，但跑马地墓园各式各样的墓碑却告诉我们：有多非凡的思想，就有多华丽的祭奠。

从墓园后面向前看，就是香港最著名的跑马地马场。墓碑高低错落，似乎争相踮起脚尖向对面张望，留恋着繁华俗世。虽然只隔一条马路，却是生死两重天。每周三，马场那边都会响起马迷们震耳欲聋的呐喊声和贵宾们觥筹交错的寒暄声，而不远处，更有香港最繁华的购物中心之一——铜锣湾广场。跑马地墓园活脱脱一个奇妙的存在——闹中取静，恋恋红尘。

走出墓园可见对联一副：今夕吾躯归故里，他朝君体也相同。仿佛告诫浮躁俗世，每个灵魂都时日无多，要么醉酒当歌，豪放洒脱；要么珍惜生命，建功立业。所有生命无不始于喧嚣和欲望，归于寂静与虚无。

2009/04/02

费穆经典再现香港

著名导演费穆于1941年拍摄了电影《孔夫子》，当年在上海和香港公映，后因战乱，遗失了拷贝。

2002年，有港人于家中发现《孔夫子》的拷贝，并将其交予香港电影资料馆。经过整理和修复，2009年3月25日，该拷贝在香港电影资料馆再度放映。我有幸成为第一批观众欣赏了这部旷世之作，并意外见到北京电影学院的谢飞老师。

谢飞认为，当下世界各地都在兴建孔子学院，儒家思想再度受到关注，"孔子热"席卷全球，该影片的拷贝重见天日意义重大。其实，国内已有影人开始筹备拍摄有关孔子的影片，而前辈的经典拷贝对今天的电影工作者来说，无疑具有很重要的参考价值。

1937年上海沦陷后，日军势力仍无法进入英法等国租界，费穆等人就在这里继续从事电影创作。由于当时四面均为沦陷区，租界成为世外孤岛，该时期的文艺活动被称为"孤岛文艺"。在此期间，费穆和民华公司主持人金信民、童振民花了一年时间，斥资十八万元拍摄了这部《孔夫子》。片中的孔子亦身处乱世，仕途不顺，后周游列国，却受尽磨难，最后穷困潦倒，孑然一身，但仍然节高气傲，坚持自己的思想。整部影片画面流畅，场景考究，据说

很多外景都是等到合适时节才拍摄的,所以耗时一年余。

片中固然没有响当当的明星阵容,亦无复杂的故事情节,但通篇抒发着悲怆之情,赢得当时文化界的一致好评。诚然,受年代久远所限,影片对白难免带有舞台腔,演员的普通话也欠标准,比如将"贼子"说成"责子",但背景音乐的运用为电影增色不少,以致半个多世纪后的观众看后仍为之震撼不已。

抗战期间,很多内地文化界人士远避香港,该片拷贝很可能就是这样被带到这里的。据说,费穆一生参与编导和监制的电影有二十一部,但现存仅有十部,而《孔夫子》的拷贝基本完整,可以说是填补了这位中国早期电影大师的作品空白,因此,具有很重要的史料价值。

2009/04/13
深圳开放一签多行

2009年4月12日上午,香港迪士尼乐园的米老鼠走出大门,远接高迎两百余位特殊的游客,这一罕见举动引起了人们的兴趣。来客是首批深圳居民"一签多行"旅游团的游客。这些游客将迪士尼乐园作为首个旅游景点,因此乐园特意为他们举办了一个欢迎仪式,并给予其乐园内的星级待遇。

2005年9月正式对外开放的香港迪士尼乐园是全球五个迪斯尼主题公园中面积最小的一个,也是票价最便宜的。乐园本来预计首年入场560万人次,结果实际入场人次仅为520万。第二年更降至400万左右。金融危机对乐园的游客流量冲击不小,偏偏此时又传来上海决定兴建新的迪士尼乐园的消息,而香港乐园这边的扩建工程却迟迟无法落实。香港迪士尼甚至将策划扩建方案的人员全部解聘,使得原本已陷入经营困境的乐园雪上加霜,步履维艰。

为了扭转局面,2月9日,香港迪士尼宣布门票涨价,普通日门票价格提至特别日票价水平，即成人、儿童票价统一上涨至350港元和250港元，而且只针对内地游客涨价，这在当时引起了不小的争议，很多人认为这是对内地游客的歧视。就在这个当口，内地公安部出入境管理局决定自2009年4月1日起开始为深圳户籍居民办理一年多次往返香港个人旅游签注。

"一签多行"实际上就是无限次通行，深圳是中国内地首个实行该政策的城市。新政策使得220余万深圳户籍居民受益，同时受益的还有香港方面陷入经营困境的旅游业。"一签多行"政策大大简化了深圳居民前往香港的签注手续，对于举步维艰的迪士尼来说，这无疑是一个令人振奋的好消息。难怪，为欢迎这200多位"一签多行"的深圳居民，香港迪士尼乐园副总裁华敏伦携明星米老鼠亲自到门外迎接，并与大家合影留念，令很多深圳游客感到意外，并深受感动。迪士尼乐园的销售总监胡耀升更直截了当地说："迪士尼乐园作为内地游客的重要景点，非常欢迎'一签多行'的政策，相信此政策将会吸引更多深圳同胞亲身感受香港迪士尼乐园的奇妙体验。"目前，度假区约有三分之一的宾客来自内地，所以他们非常重视内地市场，并积极与内地旅行社合作，推出具有吸引力的服务及行程安排。总监讲话时，兴奋的心情溢于言表。

近年，每当香港遭逢困境，内地就出招救市。从CEPA到人民币互换。从自由行到"一签多行"，中央政府的措施每每成为及时雨、雪中炭。如今，内地的一举一动，都会对香港产生重要的影响，两地越来越成为彼此不能分割的一部分了。

2009/04/24
迟到的塑料袋环保费

近闻，香港要征收塑料袋环保税，这意味着以后在香港购物也要自带口袋了，但想到有利于保护环境，仍觉欣慰。

说来，这一天可谓来之不易。内地早从2008年6月1日起就禁止派发塑料袋，就连拉萨也早在2004年就严令禁止使用塑料袋，而香港这么一个经济高度发达的地区却为此争论了好几年。

之前，有香港本地人辩解说，塑料袋并非污染的主要来源，它对香港垃圾场膨胀的影响微不足道；也有人说很难保证超市征收来的钱会如数交给政府。为解决争议，曾经有一段时间政府实施每周二收费，平时免费的政策，但不知为何无疾而终，照旧免费派发，为此，很多香港环保人士焦急万分。据说，香港店铺每年派发约十八亿个塑料袋，市民每人每天平均丢弃三个。手提塑料袋滥用情况非常严重，垃圾堆填区内超过20％的塑料袋来自商店。虽然一些环保人士在购物时自觉携带编织袋，但毕竟人数不多，解决不了根本问题。

在香港这样的发达地区，相信人们的观念也应该是先进的，包括环保意识和行为规范。但具有超前的思想，不等于具备果断的行动。其实，多年以前就有港人提出征收"塑料袋税"的建议，但关于相关话题的探讨总是争论不休,莫衷一是,使得一个本来无可厚非的决定迟迟不能出台。现在好了,该政策终于落实。香港环保署预估,征收环保费后零售商派发塑料袋的数量将减少一半,约十亿个。相关的规定还有,五间以上的连锁店或商铺,面积超过两千平方英尺且同时售卖三种产品以上,包括食品、饮品、药物或个人护理及美容产品的店铺,才要征费。部分百货公司,除了超级市场外,其他柜位如符合条件,可获豁免。估计有两千个零售点要征收塑料袋税,征收来的款项将继续用于环保事业。

2009/04/30

"远望六号"让港人为之自豪

2009年4月29日上午,阴霾多日的香港突然响晴勃日,靓丽起来,人们阴郁多日的心情也豁然开朗了许多。尖沙咀海运码头已不知来了多少次,每次都为报道外国船只,要么军舰,要么邮轮,唯独没见过中国的大型船只,可今天不一样,国内最先进的远洋测量船"远望六号"将到港进行访问。

接近10时,嘉宾们从室内走出,步入设在码头的临时欢迎会场。不一会儿,一艘喷着水龙的消防船出现在海面上,这是欢迎重要贵宾时才会有的海事礼仪。记者席前的小学生挥舞着手中的香港区旗欢呼起来。渐渐地,"远望六号"的船头也随之从码头边际的隔板后显现出来。

随着船身缓缓驶进码头,"远望六号"的全貌终于进入人们的视野。它通身挂满彩旗,银白色的船身映照着海面折射过来的强光,耀眼夺目。三百多名船员着西服领带,整齐地站在左舷甲板上,列队行注目礼,有人挥舞着国旗和香港区旗。码头边上,有舞龙队在震天动地的锣鼓声中挥舞手中长龙,会场前的大音箱播放着迎宾曲,加之孩子们的喊叫声,现场一片欢腾,根本听不到船上的人在喊什么。

据说，该船全部由中国自行建造，远比人们想象中大。从外观上看，不逊于那些经常停泊此处的大型外国邮轮。"远望六号"为我国第三代综合性航天远洋测量船，于2007年3月在上海江南造船厂建成下水，2008年4月交付使用，型长222.2米，宽25.2米，高40.85米，满载排水量近25000吨，具备在南北纬60度以内的任何海域航行以及抗12级风的能力。该船集当今船舶建造、航海气象、电子、机械、光学、通信、计算机等领域最新技术于一身，由通用船舶平台和航天测控装备两大部分组成，分为船舶、测控、通信、气象四个系统。该船交付使用后，先后圆满完成了"神舟七号""委内瑞拉一号"等卫星的海上测控任务。

"远望六号"贯彻了以人为本的理念,既提升了船舶综合测控能力,也使远洋工作生活环境得到了极大改善。船上设有多功能运动场、健身房、KTV和图书室。据说整个船舱是按五星级宾馆的标准设计的,卧室豪华舒适,卫生间内的设施全由红外自动控制,非常现代。

香港是国际港口,大型船只进进出出不足为奇,但今天猛然目睹大吨位的国产测量船驶进港口,很多人还是激动异常。一位带队欢迎的香港老师告诉我们,她带孩子们来就是要他们增强对祖国的认同感。我想,没有什么能比让孩子们亲眼看见祖国的先进科技成就和航海能力更有说服力的了。这一刻将永远铭刻在孩子幼小的心灵里。前来接受教育的绝不仅是孩子,之前特区政府向市民派发免费参观券,结果一万四千张票不到三个小时就全部派罄。港人对祖国的每一次进步和荣誉都非常关心,特别是与载人航天有关的事情,难怪"远望六号"受到如此热烈的关注。

据说,船头两侧的"远望"两字是毛泽东的手迹,是当年主席书写叶剑英的七律诗《望远》时留下的手笔。有香港报纸说:"远望"寄托着中华民族遨游太空的伟大梦想,也展示了中国航天科技工作者的雄心壮志。此话不假,"远望六号"拥有一座监控能力达四十万公里的USB天线,足以监控远及月球轨道的距离,可见,它在未来登月计划中将担当极为重要的角色。

2009/05/09
无法忘怀的七日隔离

与墨西哥甲型H1N1流感患者同住一个酒店的两百余位客人终于可以在5月8日晚上解禁了。这晚,不仅令被隔离的两百多人刻骨铭心,就连我这个在香港待了两年多的外来记者对此也终生难忘。

为了占据有利的拍摄地点,我在当晚7:10就赶至湾仔维景酒店门口。离预定时间还差一个多小时,但酒店门口的铁马后面已密密麻麻站满了记者。虽然早料到今天记者会很多,可现场的景象还是超乎想象。来港两年余,比这轰动的事件我也经历过,但今天现场的记者堪称是我见过人数最多的一次,想来会有一场"恶仗"。

迎面碰到一个深圳电视台的记者,他让我赶快到西边抢个位置,说是那里

会有人做重要讲话。等我赶到那边一看，心就凉了，只见记者里三层外三层地围在一个话筒架后，别说加进一个人了，就是多加一只话筒都费劲。

7：40，东边突然传来一阵口号声。声音很熟悉，显然有人示威游行。可在今天这个特殊的日子里，谁会跑到这里闹事呢？我们跟着香港记者跑去一窥究竟，原来是中旅社的员工集体出动，穿着整齐的工作服、打着标语来迎接解禁的同事。该酒店是中旅社旗下的，里面被隔离的工作人员很多都是中旅社的。中旅社特意组织人力前来造势，想来一方面是尽同事之谊，另一方面也是借机宣传一下自己。"中旅必胜，欢迎回家！"口号声与附近汽车的轰鸣声以及人群的喧闹混杂在一起，为"自由日"增添了一抹戏剧色彩。

然而，更具戏剧色彩的是饭店玻璃后面的白布。隔离的第一天，人们迫切希望了解里面的情况，虽不能进去，但很多记者在外面透过玻璃拍摄里面的活动。有记者想出了一个高招，将自家媒体的电话号码写在纸上，然后贴在玻璃上，里面的人看见后就会主动打电话与值得信赖的媒体联系，通报里面的情况。这一招果然奏效。当天，很多电视台都与里面的客人进行了电话连线，一时间，旅店的玻璃上贴满了号码、留言，但不知为何，第二天起，所有透明玻璃和门窗都被白布遮盖，这使得里面的人与外界彻底隔绝，越发让好奇的记者着急。据传，酒店内的被隔离者还办过一个大Party，又说里面的人倍感无聊，只好靠相互攀谈消磨时间，竟还产生了两对恋人。

看着被捂盖得严严实实的酒店，再看外面密密麻麻的摄像机和照相机，可想而知，当布帘揭开的一刻，将会是怎样一个激动人心的场面？

当中旅社的人员在外面助威时，酒店里有人扒开布帘向外张望，甚至有人开始向记者挥手。一个小男孩从二楼的玻璃窗布帘后漏出半张脸，立刻引来一阵闪光灯的疯狂"扫射"。有人散发纸张，记者们以为是新闻稿，仔细一看，均会心一笑，原来上面写着：英国总领事奚安竹晚上于维景酒店迎接六位解除隔离、离开酒店的英国国民，并发表声明如下：

我深感欣慰，我们的国民和所有维景酒店的旅客可以解除隔离，恢复自由，离开酒店。虽然这次经历给所有旅客造成了不便，但我完全理解特区政府为防止疫症扩散所做的工作，并感谢他们在此事上给予我们的充分合作。值得一提的是，我的同事在过去一星期也十分劳苦，尽力为被隔离的英国旅客提供所需的协助。最后，我谨向所有被隔离者致意，多谢他们以宽容和幽默感应对这段被隔离的时光，以使香港市民和旅客的安全得到保障。

20:10，有人撕开门上的封条，玻璃上的白布也开始被人扯开。记者们已能够清楚看到站在大厅内的旅客。又过了一会儿，所有白布帘子都被摘掉，等候七天的大幕终于拉开了，我的眼前突然一亮，酒店内的画面一览无遗。隔着三米远，完全可以清晰看见游客拥挤在大堂内，兴高采烈地说笑着，有人相互合影留念，有人举着易拉罐啤酒，有人彼此握手告别，外面的记者都上紧了发条，拼命按动相机快门，闪光灯将酒店玻璃映射成了反光板。

20:30，聚集在门口的人们呼喊着，虽然隔着玻璃门，外面的人仍能够清楚听见他们异口同声的倒计时。当两个工作人员将玻璃门打开，被隔离者潮水般涌了出来，大家互相簇拥着，站在记者面前高举V型手势，更多人急不可待地迈着大步向巴士走去，来不及和呼喊他们的记者说一句整话。当我身边一个外国记者问他们如何庆祝时，一个外籍游客答了一声:"开瓶香槟!"一位外籍女士出门就拥抱了一个陌生的警察,高喊:"我自由了!"另一个女人声嘶力竭地尖叫着,一声接一声,直到走出好远,那声调至今还萦绕在我的脑海中。

有台湾中天电视台的记者呼喊着:"老王,老王,台湾人民很关心你,老王——"那位被称作"老王"的仁兄只是轻轻挥挥手,就消失了。可怜那两位记者喊破了嗓子都没用。看样子,"老王"以前跟他们做过连线,但是他们哪里知道,这位仁兄与世隔绝了七天,好不容易出来,恨不得赶紧回家,哪有心情接受采访?

也有例外。一位韩国游客显然喝了点酒,站在记者席前大声用英语喊着:"我很快乐!我爱香港!"然后大唱韩国歌曲,后被民安队员劝走。据说就是这位,在隔离那天情绪极不稳定,声言闹事,多次与执勤人员发生冲突。

20:50,曾荫权特首突然出现,有人轻喊:"DONALD来了!"特首先走进巴士,慰问了车内的游客,然后走进酒店,与工作人员握手,最后来到记者前,做了简短的讲话。他的讲话比较实在,主要是对游客们表示感谢,感谢他们为配合特区政府的隔离措施所做出的牺牲,并欢迎他们再度来港。

困扰了香港七天的甲型H1N1流感总算告一段落,隔离的酒店也将在下周五重新开业。随着时间的推移,人们终将淡忘此事,但它留给历史的是永久的回忆。有人说港府的此次行动有点过激,没有必要隔离那么多人。但面对一个不了解的对手,永远是准备得越充分越好。对于特区政府来说,谁也不敢拿市民的生命健康冒险。令人欣慰的是,从游客的笑脸上可以看出,他们对此是理解的。

谢谢你们!

2009/05/18
香港理发记

在香港理过几次发,有两次印象特别深。一次是在湾仔的一个小胡同里,一次是在北角的"上海侨冠理发店"。

严格来说,湾仔那家也就算个路边排档店,没有门窗,只是一个简易的棚子,理发的是个老师傅,一边听着赛马实况转播,一边挥动剪刀,时不时停下来喝口啤酒,嘴里不住叨叨。不知是剪刀钝,还是精神不集中,理发时我的头发老被夹,始终让人觉得不踏实,生怕师傅一失手剪掉我的耳朵。由于条件简陋,不能洗头,加之一种莫名的恐惧感,理完发,我扔下四十块钱立刻逃遁,再没去过。

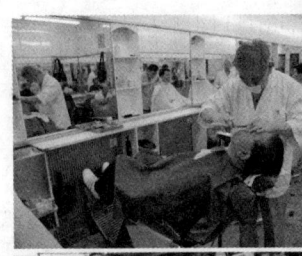

印象较好的是在"上海侨冠理发店"那次。那是一家位于北角的理发馆,曾经路过一次,在门外看见里面全是老式座椅,非常好奇。二十世纪七十年代的北京理发馆就用那种式样的座椅,但如今内地的理发馆早就焕然一新了,所以,我很诧异香港这么发达的地区怎么会保留着这些老古董。由于当时头发不长,也没进去光顾,后来又去找过一次,遗憾的是没记住地址,白跑了一趟。前些日子闲得没事,又专程去找,终于在渣华道的路口找到了这家店。

一进门，发现满屋子都是上了年纪的人，一位看样子七十多岁的老师傅把我让到一个空位上。他腿脚不太利索，走起来有点跛，而且很慢，我暗自琢磨：这把年纪了，在内地早就颐养天年了。老师傅先是用电动推子，后是手工推子，最后用剪子将头发削薄，还没等我反应过来，老人轻语一声："好了！"随后，拿出一个圆镜子放在我的后脑勺后，让我看。我一看，头发下半部分很短，上半部则较长，这种发型在北京称为"盖儿头"。因为来之前已做好充分的思想准备，所以早就豁出去了，爱啥啥吧！见我点头示意，他一挥手让我去洗头。

往里走，又一位老师傅让我坐下，冲里面喊了一声，一位大妈从布帘后应声而出。她动作娴熟、神速地将两个棉花团塞进我耳朵里，然后开始洗头。冲水时，她不知从哪儿拿出了一个刷子在我的头上刷了起来，那种感觉很怪异，因为那种硬刷子在我家是用来刷生肉菜板的。最后，先前招呼我洗头的那位开始给我吹头，我才突然意识到他们这里有明确分工，而且是流水作业，效率很高。吹头的师傅年纪稍轻一些，吹干即止，其间还问我用不用发油。我看那头油没商标，表示不用。门口结账居然要六十八元！在香港理发本来就很贵，我并未感到吃惊，事实上，这价钱在当地算是比较便宜的了。

以前，一位同事曾告诉我，他有次打的士，见司机年纪很大，不免好奇，一聊才知对方已年逾古稀，害得他一路担惊受怕。今天，我也眼见为实，原来香港很多老人退而不休，继续做工。

那次理发经历仿佛令我回到童年时代的北京。虽然语言不通，但整个过程我都在静思冥想，暗暗体会，感受那份逝去的记忆。在香港，除了繁体字、当铺、有轨电车，你还可以看到很多在内地早已绝迹的东西。这些是香港人不经意间保留下来的。有时，我感觉香港就像中国近代文化的活化石。

2009/06/01
驻港侦察兵显神威

石岗军营是驻港部队的空军基地，这几年，驻港部队轮换的时候也来过几次。31日，我又随三十几个香港大学生来这里参观，才知这里还有一个侦察兵训练基地。不仅如此，驻港部队还特意安排我们观摩了一下部队侦察兵的训练科目，让我们大开眼界。

进入训练场地后，一个指挥员告诉我们，侦察兵已经到位，但我们肯定看不到。我顿觉诧异，便四下仔细看了看。果然，除了一些训练设施和柳树，半个人影也没有。正奇怪，突闻一声震天炮响，二十四个战士犹如从天而降，眨眼间荷枪实弹就列队站在我们眼前，在场的人都惊得目瞪口呆。恍惚间，记得有几个战士是从柳树上滑下来的，还有几个好像是从地底下钻上来的。总之，由于他们伪装得非常巧妙，以至于我们好几十人事先都没有发现他们的蛛丝马迹，后来知道隐蔽是侦察兵必备的拿手活。

演练开始，战士们生龙活虎，疾步穿越障碍，其中包括钻火圈、走独木桥、攀网墙、跳水井、在泥地里匍匐前进等。

最震撼的是四人一组扛原木。那木头据说有两百多斤重，战士们喊着号子，不断举起、放下，连续几十次。都是二十多岁的棒小伙儿，好像浑身有使不完的劲。尽管他们穿着湿漉漉的衣服，尽管脸上布满汗水，但仍然高昂着头，保持着挺拔的身姿，学生们无不为之动容。

为了增加真实感，部队还动用了爆破和空弹，制造音响，模拟现场效果。刹那间，整个训练场地响起了震天动地的炸弹声。只见炸点一个接一个，爆炸之处，泥土飞起五六米高。枪炮声和喊杀声混成一片，看得香港大学生们个个瞠目结舌。部队的一位军官告诉我们："这种表演以前是没有的，这是驻港部队侦察兵首次在香港市民面前亮相，你们是头一拨儿。"

这几天，我正看电视剧《我的团长我的团》，战争的惨烈和冷酷天天萦绕在脑海，但那毕竟是影像，是幻觉，那天可是身临其境，动真格的了。

"平时多流汗，战时少流血！"这是中国军人的格言。据说，侦察兵都是百里挑一的精兵，他们的任务最重、最危险，所以训练也最辛苦。看着战士们滴水的裤脚和庄严的表情，学生们非常感动。他们一拥而上，争相在他们面前合影，相信他们也为有这样的战士而骄傲。临走前，一个香港女学生对我们说："有这样的部队和战士保卫香港，我们放心！"

2009/06/17
香港中年男人因何自杀率高

一项调查表明,每当香港失业率上升,自杀人数就会增加。2003年,香港的失业率是百分之八,自杀率高达每十万人当中有18.6人,而在自杀者中每四个人就有一个是三十五岁到五十四岁的中年男人。

中年男人因何偏爱自杀?原因多种多样,一是男性通常是一家之主,必须担负起养家糊口的重任,所以他们在心理上更难承受失业的打击,特别是中年男人,上有老下有小,整天疲于奔命,如果再遇到失业打击的话,鲜有不崩溃的。二是工作压力大,很多男人都感到自己的压力要比女人大得多。受制于传统思想,男人普遍更要强,更在意出人头地,更怕被人瞧不起,所以越是精英男士越显得脆弱。三是他们无处宣泄,女人有了郁闷之事可以找同伴、亲友絮叨,排解压力,但男人向别人吐苦水会被人瞧不起,所以得抑郁症的男人更多。

港人又发现了一个有趣的现象:失业期间,男人比女人更难找工作。近来香港整体经济趋向服务业,商业、旅游业、会计律师事务所等行业发展迅速,雇主招聘员工时更倾向于女性,许多行业,包括零售、清洁、餐饮、收银等都优先聘用女性。2006年香港男性失业率5.6%，就业率不足3.1%，而女性失业率3.7%，就业不足率只有1.6%。就连失业后参加再培训的人当中，女性也多于男性，2007、2008两年香港参加培训的学员共42858人，其中男性只占25.1%。

金融海啸使20万香港人失业，失业率达5.2%。早上看了一条新闻，一个原来工资20000元的女士失业后找不到工作，后有雇主将月薪降到5000，她也干，但如果换作男人估计宁可再等待，也不愿迁就、凑合。有时，男人更看重面子。

印象最深的几个自杀事件主角都是中年男人。2008年10月28日，在香港饮食界属"大哥级"人物的梁万刚疑因炒股失利和工作压力，从红磡乐民新村乐善楼跳下，当场毙命。再一个是新闻节目里的一个美国商人，他当着自己同事和在场记者的面，突然掏出枪，所有人都惊呆了，女同事当场尖叫起来，失声大哭。他显然是个高级主管，他面前放着几个资料箱，可以想象，箱子里的资料本来是用来解释真相或掩盖谎言的。最后，他选择饮弹。不管他是在审判自己，还是在掩护同伙，他都太过孤独无助了。

金融海啸期间，自杀的中年男人涵盖各个阶层，不分贵贱，主要与投资错误、生意失败有关，所以奉劝中年男子追求成功时不能以自己的生命做抵押，这样的赌债还不起。

2009/06/26
探访凤凰卫视新址

香港凤凰卫视已搬进新址好几个月了，早想去见识见识。凭着凤凰人敢打敢拼的开拓精神，新址必定气势恢宏。对于尚未到过"新凤凰"的人来说，那里充满了神秘和新奇。

在香港大埔工业村大景街，我找到了这只传说中涅槃后的"凤凰"。可一下车，那份初始的悸动却凉了一半。新址大楼并不高大，只有四层高，外观普通，乍一看，像个大剧院。此建筑与香港遍地华厦相比，并不起眼。据说，此楼是由收购的旧厂房改造，整个建筑面积三万两千平方米，造价不到五亿港币。

外表平平，进门后才发现别有洞天。所有机房和办公室都是开放式的，从任何角度都可清楚看见里面的情况，一派通透明朗之感。走廊内所有边边角角都布置得时尚紧凑，装潢考究，几乎做到一步一景。办公室内温馨舒适，光线柔和，一桌一凳、一花一木都透着

艺术气息，简约不俗，清新雅丽，一句话——令人赏心悦目！

转过弯来，眼前突然豁然开朗，一个巨大天井赫然显露出来，下面一圈一圈亮晶晶的，定睛一看，都是办公区域。举目四望，到处都是巨大的液晶电视屏幕，各个频道的节目不停播放，却听不到任何声音，整个大厅显得静悄悄的，只有墙上屏幕闪烁迷离。光线产生的变幻，给空间带来阵阵动感。

在大厅顶部，我意外发现香港股市里才有的圆形股票即时显示屏幕，不断旋转变化的数字信息给大厅笼罩了一种风云变幻之感。任何一个角落里的记者、编辑只要一抬头就可以知道世界各地当下交易市场里实时信息。据说这种大型开放式的办公格局是受半岛电视台的启发。在这个大型办公区域的四角设有开放式的新闻演播室，据主人介绍说，这是应对突发新闻事件时使用的设施，因此离记者们很近，撰稿与播出连成一体，讲求的是一个"快"字。

被灯光分成不同区域的大厅暗示着设计者的理念：这里没有明确的办公区与演播室之分，你中有我，我中有你，一圈一圈的办公区如同演播室的一部分。

走廊里随处可见电视屏幕，电视台的环境特征一览无遗。休息区和所有过道都布置得典雅舒适，如同咖啡馆。由于大楼邻海而立，部分房间可透过玻璃窗直接眺望远处的海景，给忙碌中的人们带来一抹从容。

传说凤凰是人间幸福的使者，每五百年就要背负累积于俗世的所有不快和恩仇，投身于熊熊烈火中自焚，以生命和美丽的终结换取人世的祥和与幸福。"凤凰人"的想法是：营造离全球华人最近的媒体。在香港经营电视台不易，没几个真正盈利。但"凤凰人"没用五百年，从1996年3月开播至今，只干了十二年，就成功"涅槃"了，不得不令人深感佩服。

2009/07/31

动漫节靓模助卖

"第十一届香港动漫电玩节"开幕了。有位姓陈的小伙子上一届就排在前面,今年又提前五天争取到第一位,目的是拿要到全球限量八个迪格斯模型的特别版。迪格斯是什么我不知道,但这小子的执着精神感动了很多记者,东西还没到手,自己已经成了新闻人物。

香港人特别能排队,也特别有耐心。在一排排铁马后面,那位年轻人像关在笼子里般过好几天,真不敢想象是什么滋味。排队等候的人群中甚至还有帮孩子排队的大妈,号称"师奶兵团"。

上午十点钟一开门,整个展馆到处都是奔跑的动漫迷,他们目标清晰,方向准确,好像早就踩好点儿似的。他们从门口的长队中刚刚解脱,转瞬又加入到柜台前新行列中,开始另一个马拉松式的等待。

柜台前,年轻人挥舞着千元的大票子,像批发商似的大包小包疯狂购买限量版公仔,然后拎着战利品,心满意足地离去。据说,有人将买到的东西转手卖出,获利不少,被称为"炒卖党"。

逆人流而上,循着嘈杂的扩音器声,我靠近某展台边,一排靓丽的动漫女郎闪烁于眼前。近来,香港靓模人气急升,她们年纪轻、有活力、行为大胆,搞签名、卖写真,频频曝光,被称为"动漫女神",

让不少传统模特相形见绌，比较有名的包括赵颂之、戴梦梦、陈若岚等。参展商用靓模兵团助卖产品由来已久，为的是引人眼目、活跃气氛。动漫节行政总裁表示，十一年来，参展商年年都派宣传美女到场，坐镇吸客，从未产生过混乱。今年，仅家庭游戏商微软Xbox就推出了十名美少女举行COSPLAY时装展，阵容强大。

走出展厅，可见会展中心附近天桥上也站满了排队的小动漫迷。预估，2009年的入场人次将达到六十万以上。试想，一个买家摩拳擦掌，卖家跃跃欲试的展会，效益能不好吗？

2009/08/02

动漫节的Costume-player

每次去香港的动漫展都会见到很多动漫迷装扮成自己喜爱的人物，穿梭于展会大厅或走廊。这些人大都是年轻人，他们迷恋自己的偶像，刻意追求动漫人物造型，精心打扮，让自己尽情沉浸于自己构想的奇妙世界中，被称作Costume-player，并乐在其中。

2009年的Coser尤其多，会展大厅内比比皆是。较之动漫靓模，他们人数更多，形象更怪异，也更引人注目。穿日本和服的、穿盔甲的、穿传统古装戏服的，还有拿刀的、舞剑的、弄枪的，至于红头发、蓝头发和各种奇形怪状的发型更是光怪陆离，让人眼花缭乱。他们或搔首弄姿，驻步流连；或轻纱曼舞，款款而过，如同兰桂坊的鬼节盛典。所不同的是，鬼节是在夜晚，借着夜色营造鬼魅气氛，而动漫节的Coser则是阳光下的奇作，毫不羞涩，甚至是趾高气扬。

显然，他们当中大部分是由商家专门聘请的学生扮演的。这些人物大都有考究的服装和道具，镜头感强，每当有摄影记者靠近，他们就面向镜头，摆出各种姿势，相当配合。但那些业余的就差点意思，有些人见到镜头反而将脸转过去，或干脆用手捂住自己

/西/洋/画/框/中/国/心/

的面孔，生怕被曝光。据说，最极端的动漫迷可以与自己的偶像恋爱，与道具形影不离，进入亦幻亦真的境界，令人费解。而香港动漫节的如火如荼正说明这种"亚文化"现象愈演愈烈。2009年香港动漫节首日的入场人次就突破了十一万，盛况如何可想而知。

2009/08/22
虚惊一场

2009年8月14日到16日,我整整在家揪心等待了三天。这三天,如坐针毡,那个可怕的电话始终没来,一颗悬着的心才放下来。

上周五,突感身体不适,流鼻涕、喉痛,症状与H1N1相仿。香港是疫区,我又是记者,因工作需要,经常外出,被传染的可能性极大,不免疑窦丛生,越想越害怕,心跳也加速了。后来跟同事一说,有人建议我立即休息,并做检查。惊恐之下决定稳妥为妙,立即上网查阅港府相关医院地址。

早听说特区政府医管局设立了八家流感临时诊所,但从来也没注意过在哪里。经过紧急搜索,发现有一家在皇后大道134号,离我最近,立即起身前往。到了才发现是一个家具店,一打听才知香港有三个皇后大道,即皇后大道东、皇后大道中和皇后大道西,且每条街都有134号,只好继续寻找,终于在位于中环的皇后大道西一个半山腰上找到了这家医院。

该医院已被列为诊治H1N1流感的特别门诊部。门口设有接待处,提供口罩,并有护士询问基本病情。经指引,我来到二楼,有护士提供表格要求填写。就诊病人不多,而且护士大都会说普通话。经过测量体温、血压和身高,很快轮到医生亲自问诊。大夫很年轻，戴口罩，穿隔离服，因其面前还戴着一个透明的防护隔离板，所以说话声音总像是从玻璃后传出来的。我陈述了自己的病情，告诉她我只想知道自己得的感冒是不是H1N1型的。她点头表示明白，并问我是否愿意拿特敏福。我本来只想要点药预防万一，她却提醒我这药一旦吃就必须连续吃五天，而且可能会有副作用。我想了想还是决定放弃，万一没毛病吃出毛病来就更麻烦了。

大夫检查完后，建议我暂时停止工作，并给我开了三天的假条，叫我去做病菌取样。经指引，我又来到对面一间诊室，一位老护士让我用干酒精擦手，后用餐巾纸擤鼻涕，最后再用酒精擦一遍手。一切就绪，她让我低下头，用一根长棍棉签探进我的鼻腔，刚有一点酸痛，她就说"好了"，并告诉我检测结果三天后才能出来，让我先回去等候，并特别强调，如果16日仍未接到电话，就不是H1N1流感。

于是，便有了在家等候三天的恐怖经历。在这家流感诊所的检测时间总共不到三十分钟，而且很便宜，只花了四十五元挂号费，一切井然有序，体现了港人高效快捷的作风。看病时，护士发了一张预防流感的说明书，上面写着：目前证据显示，人类H1N1型流感病毒相对温和，患病死亡率与季节性流感相似。一般而言，如果症状轻微，无须入院，在家休养即可，避免与他人接触，直至病愈最少四十八小时为止。

休息了三天后，我的感冒也完全好了。据说，现在香港有七千多例H1N1型流感病例，但并没有影响本地的日常生活，刚揭幕的电脑通讯展照样人头攒动。前两天，听说给我检查身体的那家医院又恢复普通病人的日常门诊了。不管H1N1来势多么凶猛，港人的生活终将平静如常。

2009/09/02
体验圣公会小学开学典礼

9月1日也是香港小学开学的第一天,应"香港圣公会油塘基显小学"的邀请,我亲历了一次小学生入学返校的盛况。

"香港圣公会油塘基显小学"创办于1968年,是圣公会监理委员会下的六十所小学之一,有一千两百余名学生。别小瞧这个数字,在香港,人们判断学校的名气大小常常根据学校的学生数量。

这所学校有自己的班车,每天往返于香港各路线接送学生。学校要求学生八点钟上学,但大门七点左右就开了。七点四十五分左右,学生的班车开始陆续抵达门口,几位校工在门口列队迎接孩子,看见弱小的还上前扶一把。正值甲型H1N1流感爆发时节,学校特别在门口设立两名工作人员,为所有到校的孩子量体温、清洁手掌。

由于上课时间还没到,孩子们在院子嬉戏。院子里,经常可以看到一些孩子身上斜挎着一个绿色绶带,上面写着"领袖生"。问过之后才知道，他们类似于内地学校帮助老师维持秩序的值班生，分两批，每天轮换值班。

一些学生家长聚集在门口，目送孩子走进校门，有些人迟迟不愿离去，估计是新生的家长。

校园摆放着学校历年来所获得的各种奖杯和奖状，展示着自己以往的辉煌成绩。储存荣誉从来都是为了积累信誉。校园还设有分类环保型垃圾桶，为的是让孩子们从小就有环保意识。

突然，院子里的孩子都像被人点了穴似的站住不动，保持原地立正，朝着一个方向。原来是有校领导喊话，让学生们准备上课。"一言九鼎"在这里是"一言就定"，老师的威信和学生的素质可

见一斑。

在校园里,我们遇到一位来自台湾的女士,她的两个孩子今年插班进入这个学校。我问她要不要给学校交纳高额的插班费,她说不用。在香港,异地上学的孩子无须交纳额外的学费。

该学校每班大约有三十多个学生,每天九节课,每节课三十五分钟,中午有二十五分钟的时间吃饭。我们随着一队学生走进教学楼。老师打开教室门,站在门口,迎接每一个孩子走进教室,自己则最后一个进来。进来的同学先向老师行礼,后向同学行礼。老师介绍了新生,同学们鼓掌欢迎后,老师要求交暑假作业。一个小女孩突然发现没带作业,举手报告,尽管老师告诉她没关系,但她还是急得哭了,弄得老师反而过去安慰了她半天。

香港的小学校教室后面也有板报,内容五花八门,各具特色。每个学生的桌子右边都有一个方便钩,可以将书包挂在上面。如今,孩子们的书包都很大,而桌底下的空间又有限,所以挂在旁边既方便又不占地方。

典礼开始,在一个大礼堂内举行。学生们鱼贯而入,听不到一丝嘈杂声。我本以为典礼上必定少不了长篇大论的讲话,没想到,整个过程是个宗教仪式。同学们跟着老师低声咏诵经文,有诗歌、始业歌、快乐歌、《彼得后书》第一章、《启应祷文》、《主祷文》。整个过程庄严肃穆,秩序

井然，其中《启应祷文》由老师念一段，学生答一句，内容大致如下：

老师：我们的天父，你在过去的一个学期中赐给我们平安和快乐。

学生：我们感谢你。

老师：我们无论所遭遇的是快乐或是痛苦，平安或是危险，你都照顾及保护我们，现在你又使我们有一个新的开始。

学生：我们感谢你。

老师：我们在过去的学期中，时常说了不应该说的话，做了不应该做的事，违背你的旨意，得罪了你。

学生：求天父饶恕我们的过错。

老师：天父啊，求你使我们脱离一切不良的习惯，使我们做个新人。

学生：求天父应允我们的祈求。

该仪式显然是经过排练的。"香港圣公会油塘基显小学"每年都有一个新的年度主题，2009年的主题是"勤学勤谨不求誉，爱国爱家齐送暖"。

结束参观后出来，我们欣慰地看见校园里一面五星红旗在微风中轻轻飘舞。

2009/09/11

传颂爱国情怀的香港人

从二十世纪九十年代初起,在香港北角琴弦街的一幢大楼里,每周一晚上都会响起阵阵雄壮嘹亮的歌声。这些歌曲大都是抒发爱国情怀的歌曲,有些甚至是三四十年代的革命歌曲。要知道,香港回归祖国以前,公开大唱革命歌曲会被看作是另类,甚至怪物,但这些神秘的歌手不管不顾,照样我行我素,十多年如一日,始终忘我尽情地唱着。他们是一些什么人?又为什么对这些爱国歌曲情有独钟?

经访查,这个隐匿多年的谜底终于被揭开了。原来,他们是"培侨合唱团"的团员。提起"培侨",在香港可谓尽人皆知,可以说"培侨"就是"爱国"的代名词,它是赫赫有名的爱国学校,当年被称为"红色贵族中学",大名鼎鼎的香港立法会主席曾钰成就曾是"培侨"的校长。但你不要以为只有极少数左派人士才把自己的孩子送进这所学校。据了解,当年很多香港学校乌烟瘴气,学风日下,好人家的孩子进了这些学校往往变坏,也走上了歧途。后来,一些普通香港人家听说"培侨"的校风端正,绝不误人子弟,硬是顶着闲言碎语把孩子送进来,图的就是一个放心。当然,"培侨"在港英政府时代经常遭到排挤。有一阵子,"培侨"几乎面临倒闭、关门的边缘，所以当年爱国的学生并不敢公开传唱爱国歌曲。据合唱团的艺术指导老师潘小红介绍：1997年以前，唱这类歌曲对他们来说会被贴上标签，那就是"爱国小左派"，别人会用另一种眼光看你，而且退避三舍。要知道，彼时如果被扣上"左派"的帽子，在香港是连工作也找不到的。所以1997年前他们演唱的时候就悄悄把歌词改了，尽量改得平淡一些，把歌唱党、歌唱领袖这类关键词删掉，换成祖国的花草、山河等字眼儿，即便如此，他们的活动也只能在小范围内进行。

说起合唱团，现任团长张心子告诉我，他们一帮同学当年在课余时间就喜欢唱革命歌曲，后来毕业了，同学们还自发性地组织唱歌活动，这就是合唱团的由来。由于大家的热情越来越高，人数越来越多，甚至一些学生的家长也主动要求加入。几年前，他们索性邀请学声乐的培侨校友回来当艺术指导。有了专业人士的指点，团员们的歌唱水平不断提高，名气也越来越大。当时正值2009年建国六十周年大庆，香港各地都在搞庆祝活动，很多社区邀请他们参加活动，表演节目。对他们来说，唱歌本是业余爱好，唱着玩着，现在成了专业，三天两头有人找上门来，一时间门庭若市，应接不暇。与此同时，团员们压抑了多年的爱国情怀如山洪倾斜，汹涌澎湃，《长江之歌》《歌唱祖国》《国家》……一首首满怀激情的歌曲响彻香港的大街小巷，"培侨合唱团"的大名也一炮而红。

由于都是老校友，合唱团成员的年龄普遍偏大，年纪最长的已有七十六岁，最小的也有四十七岁，因此，合唱团也在思考吸收年轻的新鲜血液。其实，很多港人虽然对爱国歌曲和革命歌曲并不了解，但很多这类歌曲的曲调却非常动听，港人并不反感。合唱团里最年轻的成员胡雪君告诉我，作为年轻一代的香港人，他们现在对歌词没有太多研究，只是因为曲调很好听，他们愿意唱，而且唱着唱着就自然而然地开始了解歌词，进而加深了对祖国的认识，还会了解一些共和国的辉煌历史。他们知道得越多，就越发地热爱自己的国家。

香港回归后，传唱爱国歌曲不再是一种异类活动，他们可以在任何时间、任何地点尽情地歌唱祖国，歌唱民族复兴。每年十一前，他们都要参加由香港十三所爱国学校组成的"校友会歌咏大赛"，2008年他们还曾获得过亚军。

这些年，来自祖国内地每一时期的流行歌曲他们都传唱过。他们用自己的歌声，感受祖国日新月异的变化，用这些歌曲表达自己与祖国同呼吸共命运的理想，因为每个时代的歌声都代表了那个时代人们的心境。看到国家可圈可点的发展，他们也感到非常自豪。谈到对国家的认同感，潘小红激动地对我说："很多香港年轻人对我们的国家认识不够深，所以很多时候问起来他们都不懂。我们想借着我们的歌曲，启发他们的爱国情怀，让他们了解我们的国家，让他们知道作为一个中国人的自豪。"

9月5日，香港北角居民协会举办"庆祝中华人民共和国成立六十周年歌舞联欢会"，特别邀请团员们一展歌喉。我坐在会场里，欣赏着他们的精彩演出，当看到他们的歌声引来现场观众一阵又一阵的热烈掌声时，我的眼睛湿润了。我知道，对这些"培侨人"来说，这是对他们几十年来辛勤努力的最好褒奖。

2009/09/26

令人思乡的红磡火车站

对港人来说,"红磡火车站"可能是个再平常不过的名字,它是往来香港各地的重要交通枢纽。往北三十分钟可达深圳,向西一站是著名的商业中心——尖沙咀,尖沙咀向北有重要的荃湾线地铁,向南过海后是港岛区一个重要中转站——金钟。红磡向南则是车流量最大的连接九龙和港岛的红磡海底隧道,每天有无数巴士穿梭于两地之间。但对我这个外来者来说,红磡火车站不只是香港的交通枢纽,还寄托了复杂的思乡情怀。

红磡火车站是著名的京九线终点站,每天有火车往来于京港,全程不到二十四小时,而且票价极低,来回不过千八百元,所以回家探亲、休假,我都在红磡火车站坐火车。那里于我,如同北京木樨园和赵公口长途汽车站,太方便了。因为是直达列车,中间不会停留,睡一觉醒来再过半天就是家了。所以在我看来,红磡火车站实在是"千里乡情一线牵"。不仅如此,家人也好,同事也好,朋友也好,往来于京港间也大都走红磡火车站。无数次相逢的喜悦和送别的辛酸都汇聚于此,这里简直就是一个情感蓄积站。刚来港时,红磡火车站是我不敢轻易涉足的。

但有时要送人走,必须去红磡。每当看见操着普通话的旅客提着大箱子,匆匆走过,就知道他们定是朝着北边那个终点站去的,难免勾起我的思乡之情。说来也怪,我第一次来香港是坐飞机,但对香港机场却没有特别的感觉,唯独到了红磡火车站,每每鼻子发酸,思绪万千。细想起来,也不无道理,自己往来于京港间独爱坐火车,"红磡火车站"无疑成了"回家"的代名词。而每次送亲友离去时,虽表面笑靥如花,转身却早已泪湿满襟,那种"独在异乡为异客"之感油然而生。"红磡"怎是一个"站"字所能承担得起呢?

刚来香港的时候,红磡火车站对我来说确实是个触景生情的地方。受制于工作规定,每人每年回家探亲的时间是有限的。不管多想家,不管受了多大委屈,也不管有多孤独,红磡火车站始终都是一副冰冷的面孔。如今,科学发达了,联络方式越来越便捷,但那毕竟属于虚拟世界。对我这个香港过客来说,当时的乡愁真的就只是一张火车票。

转眼三年转瞬即逝,香港于我已不再是陌生的地方,去红磡火车站更成了家常便饭,对它的感觉也平淡了许多。在新中国六十周年华诞之际,香港各界都在举行庆祝活动,"祝祖国生日快乐"成为流行词汇,天涯海角到处万紫千红,又有什么"客舍"不"客舍"的呢?"归心日夜忆咸阳"早就变成"却望并州是故乡"了。

2009/09/29
闲谈香港外佣

香港有264275位外籍家政佣工。每至周末,大街小巷随处都是出来休息的外佣,成群结队,蔚为壮观,成为香港的街头一景。他们主要以菲律宾人、印尼人为主。

刚来香港的时候,我经常纳闷,为何港人"放着大河不洗船",内地有那么多闲置的廉价劳动力不用,反而从海外请佣工。后打听才知,原来此为历史遗留问题。二十世纪八十年代,港英政府为防止过多内地人移民香港,与菲律宾等国签订协议,引进佣工。之所以选择这些国家,是因为其国民受教育程度较高,可以讲英语,最主要的是,这些人最终会回到自己的国家,不会产生移民问题。但随着内地经济的高速发展,内地人受教育程度越来越高,很多人不仅拥有高等学历,而且能讲英语,完全可以满足香港家庭的需要,承担各种工作。特别是广东人还没有语言障碍,文化背景相似,沟通起来更为方便,比起外佣更具竞争力。反观外佣现状,随着一些输出国生活水平的不断提高,他们对香港雇主的要求也越来越苛刻。在他们的不断要求下,2008年特区政府宣布,香港外籍家庭佣工的最低工资是每月3580港元。此外,若雇主选择为外佣提供膳食津贴代替免费膳食,每月还要给外佣不少于740元的额外津贴,也就是说,每月香港雇主要付出4320元港币的工资,但外佣仍然不满,经常游行要求继续加薪,将最低工资提高到3800元。这可不是个小数,特别是对身处经济危机中的大多数香港家庭来说,的确是个沉重的家庭负担。菲佣号称"世界上最专业的保姆",大多数吃苦耐劳,但也并非如人们想象中完美,工作中出现的争议不断见诸报端。

近来,特区政府已开始考虑从内地引进家佣,条件是必须年满四十五岁以上,为了规避移民风险,将规定只能从业六年。有港人表示年纪太大的人不适合带孩子,也有的认为引进内地雇工会带来其他社会问题。但不管怎样,市场将决定一切,有需求就会有供给。内地与香港在文化上血脉相连,联系亦日益紧密,必将推动各行各业的交流与合作。

2009/10/04

三大天王国庆齐上阵

特区政府连续在香港红磡体育场举办了两场庆祝新中国成立六十周年的大型晚会,各具特色,给人留下了深刻印象。

10月2日这天,超级巨星郭富城、刘德华、张学友一反常态,罕见地同时出现在红磡体育场,黎明估计是在外拍戏,否则一定会前来助兴。"四大天王"很少同台登场,那天却一口气来了三位,这可乐坏了在场的粉丝。

打头阵的郭富城一身外星人打扮,红衣红甲,率领六十位红衣舞者,伴着强劲有力的舞乐,在巨大的LED灯前边唱边跳,场面非常震撼。整支歌曲的展现从音乐、服装到舞步设计再到背景三维动画,都极富创新意识,节奏欢快有力,表达了对祖国航天英雄们的敬意。

刘德华身着一身白色的长袍,围一条白色镶红边的围巾,下身一条红裤，身后由一群穿绿纱的"仙女"围绕，非常醒目。他一出场，四周立即传来粉丝们的尖叫，循着声音，可见观众席各个角落都有人在舞动电光棒，动作整齐划一，像事先约定好般。他先是唱了一首自己创作的歌曲《母亲》，随后在观众的热烈掌声鼓励下，又献唱了一首《中国人》。激昂的歌声感染了在场的每个人，人们不由自主地跟着歌声挥舞双手，跟着刘德华合唱。一代天王用歌声表达了自己对祖国的热爱。张学友是最后一个亮相的，他颇为意外地和北京奥运会开幕式演唱《歌唱祖国》的小女孩杨沛宜合唱了一首《仰望星空》，一个老成深邃，一个稚嫩清脆，两人的合作完美无缺，令人赞叹。

本场晚会有三千八百张门票是免费派发给香港市民的，若在平时，有三位巨星同时出场的晚会，绝对是一票难求。3日那天晚上，上万名香港青少年又聚集在红磡体育馆，举行"万人大联欢"活动，其中一个节目是大合唱《我们走在大路上》，这首由李劫夫在二十世纪六十年代创作的革命歌曲，是内地人耳熟能详的老歌，催人振奋，昂扬向上，激励了几代中国人走过艰难的岁月。这次由港人唱和，别有韵味。伴舞的是香港青少年步操队，他们迈着英国人传授的步操步伐，手里端着英式假枪，踩着整齐的节奏，步伐划一，穿梭有序，在舞台上变换着各种队形。对内地人来说，这伴舞多少有点怪异，但看着他们一脸认真的样子，片刻的不适很快就变成了赞叹。

这就是回归祖国十一年后的香港，在迅速认同国家的过程中，由于速度太快，身上还残留着旧有痕迹，来不及抖去风尘，但他们对祖国真挚赤诚的热爱在这一特定历史瞬间还是令人难忘。

2009/10/12
香港的丐帮

不知从何时起,香港的乞讨者突然多起来,特别是在人潮涌动的铜锣湾一带,总能在街角处遇见各种各样的乞丐。他们大多是老年人,不分男女,均衣衫褴褛,蓬头垢面,蜷缩在地上,念念有词。后得知,他们有些是由内地丐帮"总舵"招聘来港,专门进行乞讨工作的"员工"。

港人向来乐善好施,这些丐帮"员工"自然收入不菲,据说日进三百元不成问题,月收入接近万元。当然,"总舵"要拿走70%作为提成,即便这样,"员工"也能挣个两千左右。

据分析,港人之所以大方,是因从小就有"卖旗"的经历。所谓卖旗,就是为慈善团体募捐,只要事先向香港社会福利署申请,任何单位和个人都可以在香港街头为慈善机构举行募捐活动。一些学校为了教育学生关心公益事业,培养爱心,经常由老师亲自带队组织学生卖旗,甚至有幼儿园小朋友在父母陪同下外出行动。当然,卖旗也不容易,站在街头左顾右盼,向路人介绍募捐项目,大多数时候难免会遇到白眼,非常考验人的耐力。因此,港人特别能理解街头伸手的难处,自然会比其他地区的人多一份善举和爱心。此外,很多港人信教,基督教也好,佛教也好,都是教人行善的,

所以港人的钱比较好"讨"。内地一些乞丐正是利用港人的这一心理，到香港来淘金。由于效益好，一些丐帮"总舵"专门组织"老婆婆旅游团"，成群结队地来港行乞，该现象已引起了香港警方的关注。

港人的卖旗与一些丐帮帮主利用港人的同情心聚敛钱财有着本质区别。卖旗"伸手"的片刻，"出卖"的是一份真诚，换来的是一份善举。而丐帮的"伸手"，出卖的是一份伪装，换来的是别人的血汗。

港人乐善好施是多年来社会稳定、经济状况良好的结果，也是港人接受良好教育的结果，是他们宝贵的精神财富。同情心是人类的良知，应是我们最基本的爱心，也是我们道德的最后防线，值得珍爱。

2009/10/29

美国华盛顿号航母

此前,曾有三次机会观看航母,都因种种原因失之交臂。第一次是2003年去深圳出差,原计划看明斯克航母,但因工作忙,急着赶回北京,所以放弃了;2006年,去天津看基普号航母,都见到航母的影子了,却因游客太多,只好打道回府;2007年11月,美国小鹰号航母计划访港,美国总领馆的邀请函都收到了,未承想第二天不知何故,小鹰号取消访港计划。2009年10月29日,机会再度来了——乔治·华盛顿号来港访问。获悉后,我异常兴奋,多年来的夙愿就要实现了。

乔治·华盛顿号是接替退役的小鹰号服役的,这是第一次来港访问,所以入港时要求士兵行甲板列队礼。为了拍到航母进港的镜头,我们早七时就赶到分域码头,乘坐小快艇赶往青马大桥海域。上船才知,我们不仅要提前一个小时到达指定海域,还要在那里等候两个小时。这下惨了,小快艇本就颠簸得厉害,一路上弄得人翻肠倒肚,好容易到了青马大桥,却突然抛锚了,只能原地等候。海浪冲击着单薄的船身,晃动得更加厉害。起初,我趴在一个小桌子上忍耐,两个小时后,眼看就要登舰了,我一起身,猛然一阵眩晕,感觉不好,急忙跑进卫生间,一进去就大吐起来,狼狈不堪。

登上航空母舰后，感觉非常平稳，几乎觉察不到晃动，这与刚才小船上的颠簸形成鲜明对比。登上航母后的第一感觉是：这根本不是船，而是一个可移动的岛屿。舰舱里聚集着很多等候上岸购物休闲的船员（应该说是士兵）。他们穿着便服，排队耐心等候着，不知道的还以为是普通老百姓，让人疑惑这居然是世界上最强大的核动力战舰之一。

舰身分为三层，最低层是设备层，中间是飞机修理和生活区，上面是飞行甲板。其中，飞机修理区与飞行区由一个巨大的升降平台连接，平台面积可装下一整架飞机。升降平台的速度非常快，我们一行记者刚刚站好，还没反应过来，就被"呼"的一下升到了上层，前后不过眨眼间。

甲板上全是飞机，预警机、大黄蜂战斗机、直升机等。有的飞机不得不将机翼折叠起来方能停泊。据说，乔治·华盛顿号是美国第七舰队的主力，可承载九十架固定机翼直升机和三十六架攻击机，由两座核反应堆做动力。

趁甲板上舰长讲话的当口，我四下望去，偶然发现几个亚洲面孔的士兵，一看就是东亚地区人种，其中一个长得格外出众，中等身材，眉清目秀，绝对算得上帅哥级。我走上前去，大胆用中文问他会不会讲普通话，他居然说"会"。我一阵惊喜，知道重要的采访线索出现了。

果然，小伙子是华裔，名叫常凯乐，母亲是广西人，所以能讲一口流利的普通话。他本人出生在夏威夷，在海军当了三年飞行员。他告诉我，美国飞行员每天要晨起跑步，然后做两次例行飞行，剩余时间还要学习。可见，美国大兵也不容易。他说自己的卧室不是很大，但还可以适应，喜欢吃中餐，特别是点心，并计划上岸大快朵颐一番，解解馋。我还在舰舱看见水兵誓言、历任舰长照片及各种宣传标语——显然，美军也很注重思想教育。

各种肤色的水兵列队站立，大都面带微笑，主动与记者打招呼，航母上下到处一片祥和气氛。

说来也怪，我没觉得甲板上的战斗机充满杀气，反倒是对放置于舰尾底层的一挺机关炮产生了一丝恐惧。黑洞洞的炮管成四十五度角朝天，两名士兵守护在旁边，于熙熙攘攘的记者间，警惕地巡视着。

据说，美国舰队不轻言"敌人"二字，但我相信，无论是擅长华丽外交辞令的舰长，还是那位帅气的华裔飞行员，当面对真正的威胁来袭时，都会毫不犹豫地显现出军人的威严面目。

2009/11/05
畅通无阻的香港名片

在香港待久了，会发现很多奇特现象，比如名片的功能远比内地人想象得强。

港人对名片很重视。不仅用在外交、商务场合，就连记者外出采访也要随时出示名片。例如在著名的香港会议展览中心，只要记者出示名片，媒介中心的工作人员就会给你办理各种展会证件，而且不会要求你出示单位的工作证或介绍信。所以，在香港不管你去哪里，最好随身携带几张名片。

曾几何时，内地人的名片也很有价值。人们把拥有名片看作身份的象征，不管来自哪里，穿衣打扮如何，只要能从怀里掏出一张洁白的小卡片，就会被人另眼相待。但不知从什么时候起，名片突然不好使了。原因是一些骗子经常欺世盗名，用虚假名片掩盖自己的真实身份。订货人和发货人的名字常是子虚乌有，或者联系人名片上的电话、地址与事实不符，渐渐地，人们终于明白冠冕堂皇的名片可被用作诈骗工具，难怪，后来有春晚小品戏称名片为"明骗"。

听人讲过一则笑谈，说某兄爱收集名片，不管是谁的都一概笑纳，当有人问其原因时，他笑道："我经常出去干不法之事，不能用自己的真名字,所以就带一些别人的名片,必要时散发出去,既不失面子,又安全,此为我的经验之谈!"这笑话听了让人毛骨悚然。后来,我的名片也不敢随便给人了。

想来,港人对名片的认可出于以下两种可能:

一是香港是国际大都市,来往流动人口众多,各种国际活动频繁,若每人都办理相关证件,必然是一件浩大工程,费时费力;二是香港社会治安良好,人们彼此间,包括客户与客商间、媒体与报道对象间都保持良好的信誉关系,不必担心欺诈和伪装的可能。

名片本是一对一方便快捷的身份证明,在一个公民信誉度较高的环境里,其真实性应该无可置疑,但当它被不法之徒用做诈骗道具并获取利益时,声誉就遭到了破坏。民无信不立,一个社会的信誉度需要全社会公民自觉维护,需要整个群体树立积极的道德观和价值观,积年累月,小心呵护。名片失信是小,造成社会隐患就是大事了。

2009/11/11

四通八达的香港廊桥

如果你问我,香港的街头有什么特色?我首先会告诉你:别具一格的廊桥。

香港有五百六十余座过街天桥,是世界上天桥最多的城市之一。这里的廊桥四通八达,相互交织,如同空中的蜘蛛网,将大大小小的街道连接在一起,堪称"香港一绝"。当地廊桥一般两边都有透明的玻璃或围杆,且大都有顶,如悬空的房子。

港人喜欢廊桥是因为此处多雨,特别是在每年三月至八月间,常突如其来一阵大雨滂沱,但不管多大的雨,只要沿着长廊行走,就不用担心雨点会打湿衣襟。豪华的廊桥还得益于香港雄厚的经济实力,特区政府修起它们来毫不吝惜。一般来说,天桥每平方米的造价在三到四万港币之间,按一段五十米长的天桥计算,造价至少在八百万港币,这还不包括每部行人手扶电

梯八十万、升降机五十万，而香港大街上，百米甚至千米以上的廊桥比比皆是，颇为壮观，特区政府的投入由此可见。

廊桥中最典型的有中环的金钟廊。镜面般的不锈钢外体包装，令其看起来锃光瓦亮，富丽堂皇。里面的地面由大理石铺地，落地玻璃轩窗。逢年过节，有关部门还在长廊外进行装潢，或张灯结彩，或雕龙画凤，将其布置得趣味横生。由于两边商业中心都设有空调，即便是酷暑盛夏，走在廊里亦不会太热。很多廊桥不仅有手扶电梯，还设有直梯，方便残疾人和老年人。

修建廊桥的最初目的是为解决人车争道的问题，舒缓路面的堵塞情况。香港路面车多，空气不好，所以老港游人抑或本地人都喜欢走廊桥，不仅快捷便利，而且安全舒适。后来，香港廊桥逐渐演变成连接各个重要商业中心、交通枢纽和政府部门的通道。这些通道横竖交错，蜿蜒曲折，往往是一栋楼套着另一栋，一条街连着另一条。有的陆路相通，直达码头；有的甚至陆空相通，上天入地。这些廊桥将香港的大街小巷、汽车轮船等交通设施连接成一个整体，真可谓"空中栈道"。

由于廊桥上的人流较大，这里也是一些小贩和散发小广告者的聚集地。比如，湾仔过街桥上，每天都有各种广告人游走于人流间，或三五成群，或独自一人，挥舞着手中广告，吸引行人注意，成年累月在桥上工作，市民们也早就习惯了这些"桥民"。

据说，香港有意将城市打造为"空中走廊之城"，让自己成为世界上唯一一个不用走马路，就可抵达商业中心的城市，成为名副其实的"空中购物天堂"。

2009/11/30

香港的鸟园

香港没有像北京动物园那样的大型动物园,却有几个小巧玲珑的鸟园,其中港岛香港公园里的"尤德观鸟园"最具特色,是来港游人颇值得一去的地方。

观鸟园占地面积八公顷,1992年9月正式开放,是世界上最大的观鸟园之一。鸟园用一个高达三十米的铁网覆盖,里面建有一座木桥,由上而下盘旋于园内,游人可沿木桥漫步而下,沿途可观看各种热带雨林植物和飞鸟。园内有雀鸟六百余只,主要来自马来群岛,种类估计有几十种。我能认得的有画眉、鸠鸽、长冠八哥、吸蜜鹦鹉、绿背凤冠鸠等,也有一些本地街头可见的寻常鸟,如朱颈斑鸠、红耳鹎等。

尤德观鸟园完全对外免费,每天这里都会吸引大量摄影爱好者前来,有些发烧友经常利用周末时间出来,集体活动,更有甚者一整天都逗留在园内。此地雀鸟常年与游客打交道,几乎不怕生人,行人可在近距离内就拍摄到小鸟的活动。观鸟台上还设有各种鸟类的图解,详细介绍雀鸟的背景知识,使游人不仅看得清,还能看得懂。园内可谓"人鸟合一",妙趣横生。

香港地域虽不大,但港人利用有限条件,因地制宜,选择最适

合当地气候和条件的小动物建园,为市民美化了自然环境,提供了娱乐设施,增添了生活趣味。休闲娱乐之同时,人们还增长了知识,陶冶了情操,一举多得。

2009/12/14

给力的529护航编队

中国人民解放军529护航编队于2009年12月14日上午8:50抵达香港昂船洲军营。他们是在完成索马里海域护航任务后返航途中停靠香港的。

不知为何,这次驻港部队并未出面组织记者采访,反倒是特区政府新闻处负责联系新闻媒体的采访事宜,而且现场气氛尤为热烈。不仅特区政府行政长官曾荫权亲自到场迎接,还特别请了两队舞狮队前来助兴。当天,锣鼓喧天,彩旗飘舞,加之数百个香港小学生挥舞着小旗齐声呼喊,俨然一片欢腾的海洋。特首在欢迎仪式上真诚表示:他代表香港市民,尤其代表香港航运界,向护航编队的全体官兵致以崇高的敬意。

香港为何请护航编队来港访问?又为何对529护航编队情有独钟?原来,这次529编队在执行任务过程中对香港的商船贡献最大,也最为照顾。该护航编队从今年8月1日起正式在索马里海域执行护航任务,在将近五个月的时间里,共护送商船528艘,其中146艘是香港商船,总吨位720余万吨,占护航总数的25%。一艘名为"马士基大西洋"的香港商船居然前后十二次加入被护航的船队。为确保香港商船万无一失,护航编队特别派一个战士登船随行。原因很简单，香港回归祖国，是自己的孩子，做母亲的能不好好照管吗？用港人的话说，叫"亲疏有别"，回归了，就是一家。不仅如此，关键时刻还得动真格的。11月12日，香港"富强号"在亚丁湾东口遭遇海盗武装攻击，当时已经完成交接任务的529护航编队接到求救信号后，立即命令第四批护航编队的舰艇"马鞍山号"紧急救援。很快，一架直升机腾空而起，降临海盗头顶，对方闻风而逃，"富强号"化险为夷。

不仅如此，护航队还帮助港籍货轮修船、看病，甚至紧急资助给养，将其照顾得无微不至。一艘名为"安宁"的香港货轮在安全回港后，给舰队发来感谢信说："你们是坚盾、靠山，让我们即使在茫茫异国的危险海域，也能时刻感受到每一位华夏儿女的安全都牵动着祖国母亲的心。作为中国公民，我们感到无比的欣慰和自豪。"香港某运输企业老板海外一次性无偿贡献四吨多的新鲜蔬菜给护航编队。中国海军将士们用自己的实际行动赢得了海内外华人的尊敬。

在港停靠的三天中，舰队对香港市民开放，以便令更多人有机会领略人民海军的风采。

529护航编队由"舟山舰"和"徐州舰"组成。两舰都是由中国自行设计和建造的新型导弹护卫舰，舰长134米，舰宽16米，舰高34米，排水量4000吨，最大航速27节，装备有舰空导弹、反舰导弹、新型火炮等武器，是中国海军的主力战舰之一。529护航编队自今年7月16日出发，接替执行亚丁湾护航任务以来，先后圆满完成了53批护航任务，安全护送船舶582艘，总吨位3323万吨，创下护航编队护送船舶总量和单批、单月护航船舶数量最多

的纪录。两舰共载有官兵806人,其中有7名女兵,她们与男兵一起工作,执行任务,在亚丁湾海域履行军人的神圣使命,开创了我军女兵首次随战舰远航执行任务的先河,显示了中国作为正在崛起的世界大国,愿意以负责任的态度对待日益猖獗的海盗,维护国家利益、履行国际义务的决心和勇气。

2009/12/19
千奇百怪的香港字号

提起香港的字号，人们首先会想起"崇光百货""时代广场"，或者"海港城""太古城"等超级MALL的名字；上了年纪的还会记起"永安""先施"等老字号。除此之外，香港还有很多稀奇古怪的字号，有些简单明了，有些则极其诙谐，彰显了店主的智慧和灵感。

一般来说，香港的字号都是取店主名字中的某字，再加一个"记"字，如有名的"镛记"，就是一家位于兰桂坊的高档餐厅。低端的小餐厅有"坤记"，也是天天高朋满座。在香港，带"记"字的店铺数不胜数，"满记""汉记""朱记""愉记"……不一而足。除了"记"字，带"轩"字的字号也非常多，如"海韵轩""世纪轩""伟晴轩""丽东轩"等。中环一带，或皇后大道西，很多带"记"字的店铺汇聚一堂，整条街都是"×记""×记"，几乎是"记字一条街"。除了"记"字和"轩"字的店铺，较多的还有"堂"字号店铺，如"恭和堂""人和堂""永春堂"等。

其实，不管"记"也好，"轩"也罢，抑或是"堂"，都是比较传统的命名方式，真正现代的字号则随意活泼得多，如湾仔一家粥店名为"知粥尝乐"，明显是"知足常乐"的谐音。无独有偶，跑马地有家足疗店叫"知足乐"，是日本人开的，也算是恰如其分。湾仔还有家理发店叫"头头是道"，让人感觉颇有创意，看了忍俊不

禁。一些讲求信誉和质量的商家也不忘在店名上做点文章，如"三不卖"，立即让人想到该店一定杜绝假货、旧货和次货；也有一些定位大众的店铺打出了诸如"民工利""群众小炒王"这样的招牌，类似于北京的"家常菜"，显然是为吸引基层消费者的注意。

由于社会制度不同，一些在内地早已绝迹的字号文化，在这里却还历久弥新。如跑马地一家餐厅叫"大少爷"。旺角一家茶馆干脆就叫"大爷茶亭"。开当铺的都爱加个"同"字和"大"字，有"丰同大押""德同大押"等。中环有家店叫"均益大押"，内地来的朋友不知道的话还以为是水均益开的当铺呢！此为笑谈。

不同地区的店铺名号与不同地区的文化传统和风俗习惯有关。在保留传统文化同时，香港也吸收消化了大量舶来文化，并最终形成了自己独特的字号文化。湾仔有家小服装店叫"IN & OUT"，中文的意思是"进和出"，想来亦不无道理，做买卖不就是低买高卖、左进右出吗？而离此不远的一家餐厅叫"泰国人·海南鸡"，初看让人摸不着头脑：两个完全不同的概念并列一处，究竟想表达什么？

字号是无声的叫卖，是店铺的脸面和形象，不仅传承着品牌和信誉，也包含服务与质量。在香港消费之余，别忘抬起头，看看这些有趣的店铺字号吧！

2009/12/24

圣诞迎豪客

再度迎来圣诞购物高峰，内地购物军团大举"扫荡"至港。"百万雄师"所到之处，人潮汹涌，颇为壮观。据有关部门统计，仅圣诞前两天，从罗湖进出香港的游客就达120余万人次。

近日来，我在尖沙咀海港城附近采访，眼见LV、CHANEL等名牌专卖店门前摆开长龙，都是内地的游客。大家耐心排队等候进店购物，那阵势如同白给一般，令人震撼。要知道，这些名牌商品动辄好几万，且从不打折。

不知为何，2009年的圣诞节所有香港商店折扣力度都很小，一般是九折，最多七折，却仍没有降低内地游客的购物热情。在PAUL&SHARK专卖店里，一个来自湖北的小伙子说，这次来至少花十多万，言谈中神态轻松，满不在乎。另一个女孩说，她来这里并不在乎有多少折扣，图的是港币与人民币的价差和港货的质量，如果是买化妆品，在乎的则是新鲜的保质期。可见，来港购物的内地人更多看中港货的品质和信誉，以及豪华舒适的购物环境。一位女士的话让人深有感触：这里的购物气氛几近疯狂，在内地很难看到。看来，商家促销不仅需要打折，还需要营造必要的氛围。

潮水般的内地消费者给香港商家带来了丰厚的圣诞礼物。PAUL&SHARK的女老板说，他们的生意比上月预计增加了50%。海港城的海关人员说，每天这里的人流量超过30万，他们甚至已经开始在各个出入境关口安排穿梭巴士，以方便来自内地的消费者。整个香港已淹没在内地庞大的购物人群中，已成为他们家门口的超市了。

据说，非粤籍深圳居民赴港个人游也在本月中启动。调查显示，大部分非深籍居民从未访港，这九十万人将成为圣诞及元旦香港消费市场的崭新"生力军"。

据统计，2009年11月香港的零售业总生意额接近14个亿，较去年同期上升了30%。一些在金融危机时几乎无人问津的名贵手表、珠宝，居然出现了脱销现象。

曾几何时，有香港商家小觑内地游客，认为他们给香港带来了拥挤和嘈杂，有人戏称这是"旺人不旺市"，有人埋怨茶餐厅人太多，等不上座位，更有人拿某些内地人不拘小节的举止大做文章。但在火爆的购物狂潮中，只有香港商人知道他们的荷包鼓了多少。在他们沉默的背后，是不住的偷笑和暗喜。

2009/12/31

酒驾猖獗　需用重典

因酒驾而引发的交通事故层出不穷，成为各地警方最为头疼的问题之一，香港也一样。12月18日，香港道路安全议会在红磡隧道入口处摆放了一辆因交通事故而撞烂的小车，并在车里伫立了一个特大的道具酒瓶，上写：酒后驾驶，害人害己。

用烂车做广告也实属无奈。据统计，近年香港酒驾人数和事故率都呈上升趋势。过去三年，圣诞至元旦期间，因醉酒驾车而被捕的人数从2006、2007年的八十人上升到2008、2009年的一百三十六人。2006年因酒后驾车发生的重大事故三起，而2009年达到七起。其中2009年1月23日那起事故最为严重，一位四十二岁的司机酒后驾驶一辆大货车在青山公路失控，撞毁一辆的士，的士司机和两车共四名乘客全部死亡。电视新闻中，特首闻讯赶去慰问死者家属，一位家属失声恸哭，情绪激动，跪在特首面前要求严惩肇事者，画面震撼，催人泪下。

可能是过于相信港人的自觉性和法律意识，香港历来对酒驾者网开一面，即便是那位撞死了六人的肇事者，也不过判了六年。更令人遗憾的是，就在烂车广告摆放五天后，也就是圣诞前夜，又有人以身试法，酒后开车将一位在路边行走的男教师撞出十米开外，倒地后脑浆迸裂，当场死亡。死者学生闻讯后，放声大哭。被撞教师叫诸志成，据说在学校以活泼幽默的教学方法著称，非常受学生的欢迎。有学生留言：你在我心中是一个很幽默的老师，你不但只是我的老师，而且是我半个爸爸，好多次你知我做错了事，但是没有骂过我，还很疼爱我，你的笑容、模样，我永远都会记住……

香港警方为让过往司机亲眼见证交通事故的后果，特意设立阻吓性的烂车广告，真可谓用心良苦。但乱世需用重典，要想根本解决酒驾现象，必须严惩肇事者，以儆效尤，否则，诸老师在天之灵，若看见红磡隧道口的烂车广告，亦只能苦笑了。

2010/01/26

香港，再见

2010年1月，离别香港的日子终于到来。

记得来港后拍摄的第一条新闻是"诺基亚新春之夜"。当时以为香港的每个夜晚都是歌舞升平，到临行前拍摄最后一条新闻"香港财委会通过高铁拨款案"后才知，原来，港人也有那么多的烦恼。

忆起金融海啸前，有一段时期，每当午夜来临，香港各大舞场、夜总会里，总是摩肩接踵，红男绿女舞动腰肢，尽情挥洒热情。由于学舞的人太多，一些舞蹈教室甚至出现女学员多过男学员的现象。有人天天泡在舞厅，经年累月，希望成为人们眼中的舞神、众人的焦点。舞蹈老师成为最热门、抢手和令人羡慕的职业。彼时的香港是一个无忧无虑的娱乐之都，消费是人们的第一目标。

金融风暴后，港人的生活备受冲击。但也有例外，那就是马场。既然来到香港，若不去赛马，便不足以了解港人的背景文化。在这里，赛马给人留下的印象最深，因为马场体现了港人的生存之道：屡战屡败，屡败屡战。曾荫权特首说："香港人打不死！"马场是最具港味的地方，如果你觉得很难进入当地的基层大众，那就去马场吧！港人赌马为的是娱乐，马场收入主要用于慈善事业，所以赢钱的人高兴，输钱的也心安理得，只当是把钱捐献给有需要的人士了。下注的时候更有学问。追捧热马之人求的是保险，角逐冷马的人玩的是心跳，各得其所。但真正的老马迷知道，赌马一定要有想象力，所谓"猜马"都是骗人的，只有大胆的想象加上细致的分析才能在扑朔迷离的马场有所斩获，而这正是港人孜孜以求的生存哲学。从这个角度讲，马场亦是战场。

　　后来才知道，马场还不是香港最大的脉动所在地。在真正的香港赌徒看来，股市才是他们乐此不疲的战场，甚至连澳门的博彩业都不在他们眼中留痕。香港的股市每天交易量高达七百亿，翻云覆雨只在弹指一挥间，多少虚妄和痴求化成泡影，多少美梦和幻想近在咫尺。

　　香港就是一个让人又爱又恨的地方。这里有物美价廉的商品，包括全球顶级的高端品牌，有美丽浪漫的市景和港湾，有四通八达的公共交通工具，有最安全舒适的社会环境。同时，这里也有最拥挤不堪的居住条件和最昂贵的房价，有嘈杂喧闹的不眠之夜，以及最残酷无情的竞争环境。金融危机时，一些千万富翁一夜之间沦为乞丐，刚刚还在为慈善事业捐款的人，转眼之间可能就成为囊中羞涩的债务人和流浪汉。在你享受美酒香车的时候，却不得不为明天的生活担忧。据报道，香港恒基兆业地产集团在香港岛半山建设的天汇大楼68楼A室，面积6158平方英尺，约572平方米，2009年10月14日以4.39亿港币售出，折合每平方米约767000港币。如果去掉公摊面积，只计算实用面积，这套公寓每平方英尺价格为8.8万港元，成为公认的世界上最昂贵的公寓。

　　一个物业女工在二十世纪八十年代初游水偷渡三次，好不容易成功来港，如今却不得不每天拼命工作，而内地的姐姐反而发了财，在家里做起了全职太太，养尊处优，甚至还时常接济她这个生活在发达地区的妹妹。让她耿耿于怀的是，当年自己费尽周折涉险来港，如今却过得一塌糊涂，除了一张香港身份证，房产和存款均无，香港也未必对所有人都是天堂。也有混得不错的。一个老出租车司机告诉我，他也是偷渡来的，现在孩子们都上了大学，有了工作和房子，自己虽然六十多岁了，但在家里待不住，还是愿意出来工作。

在香港，月工资6000元以下的人被列为贫困户。据香港大公报报道，2009年上半年香港贫穷人口为126300，人数创历来新高，较2008年同期增加20000名。2009年第二季的青年失业率达12.6%，9000名青年人半年以上没工作，长期失业率达2.5%。前些日子听说TVB的老员工"阿蔡"被裁了，我听了很震惊。虽然TVB裁人多次，但怎么也没想到"阿蔡"会被裁掉。"阿蔡"是新闻部的技术工程师，算是中层干部，香港回归十周年期间与央视的同行合作过。可怜"阿蔡"半百之龄，很快就要退休，却说开就被开了。后来听说"阿蔡"开始学习烤制蛋糕，准备开辟第二职业。在香港，即使你在某一行业是资深人士，也不能确保是否生活永远无忧。

临别在即，对香港要说的话很多，但总结起来，就是一句：如果我是年轻人，会说我爱你；如果我是中年人，会说我喜欢你；如果我是老年人，会问，你钟意我吗？

2012/01/23

食在香港

在香港住了三年，来到印尼后还时常想念在香港的日子。2012年1月12日，我终于有机会重返香港，虽然只停留几天，也非常快活。香港是个饮食天堂，解馋的好地方。

在香港，随时可以感受到衣食住行的便利，尤以"食"最值得称道。就说餐厅吧！在印尼，一般的大排档都建在街头简易的布篷里，周围暴土飞扬、车水马龙，环境嘈杂不说，亦不卫生。如果是西服革履，有点脸面的人即便是有心品尝，也不好意思坐在那样的环境里用餐，而像点样的餐厅都在较高级的大商场或购物中心，价格也令人咋舌。在香港就不存在这个问题，再普通的小食店也会设在讲究的建筑里，即便穿着很体面的顾客也可以坦然走进路边的任何一家茶餐厅，掏出二十几元点上一碗香喷喷的牛腩面，大快朵颐，而不必担心有失身份。香港是一个可以让每个人都体面过活的地方。

再比如吃自助餐，也是香港更方便。香港的自助餐厅有免费的咖啡和茶水，甚至全口味的冰激凌和饮料，且价格不贵。但在雅加达，一顿自助餐的价格不菲，还不包含饮料，单点一杯茶水的价格相当于自助餐费用的四分之一，摆明了宰人。过去在香港常听说本地衣食住行中"吃"和"住"最贵,现在看来,"吃"在香港也不算贵,反倒是越不发达地区,用餐成本越高。

香港另一个值得怀念的地方就是甜品店。港人不知为何特别钟意吃甜品,各种各样的甜品店遍布港岛大街小巷,随处可见,非常方便。细想起来,港人的甜品大多都带有药用和调理身体之功效,像龟苓膏、红豆沙、银耳粥等,都有一定的滋补功能。从某种意义上讲,港人的甜品像是一种保健品。好一些的甜品店经常是高朋满座,络绎不绝。而像"大快活""大家乐"这样的家常饭快餐店更是星罗棋布,虽然是简易便利店,但味道绝不将就,必定精工细做,包您满意。

"食在香港",此话不假。

岛外闲话

/西/洋/画/框/中/国/心/

2006/11/07
闲话"君子易事而难悦"

近来，与几位朋友聚会聊天，谈话中很多人感觉生活条件虽然好了，却时常生出一种难以自悦之感，总结成一句话就是："吃什么都吃腻了，玩什么都玩烦了，干什么都没意思！"有人进而感叹生活意义何在。

人们的经济条件好了，什么都可以用钱买到，为何反而找不到可以取悦自己的方式了呢？孔子云："君子易事而难悦。"那么，那些"难悦"的朋友是否都是君子呢？物质文明的发展带来精神文明的进步，人们受教育的机会也越来越多，客观上使得大家具备接近君子的客观条件，且越来越方便。按理说，君子在人群中的比例也应越来越高，可为什么还有那么多人找不到取悦自己的途径呢？我以为原因只有一个：也许，他们根本不是君子。君子的所悦与他们的所悦完全不是一回事。

说这些人不是君子，并不足为奇。孔子云："富而可求也，虽执鞭之士，吾亦为之。"同时亦云："不义而富且贵，于我如浮云。"可见，夫子看不惯发不义之财的人。试想，如今先富起来的一部分是否有人在商海中尔虞我诈，巧取豪夺？有没有逃税漏税，违法乱纪？即便他们偶尔行了君子之事，本质上却不具备君子的先天条件和后天操行，不能算是真君子，充其量不过是伪君子。既然是伪君子，又何谈享受君子之悦呢？即便有些先富者之财物完全取之正道，为血汗经营所得，但具备君子的条件自古以来就不是以物质为标准，何况，随着时代发展，君子所悦的标准亦发生了变化，所以，他们在没找到新的可以愉悦的事物和标准之前显得无所适从，自然也就无从而"悦"了。

如今，我们处在商品社会，一切都以物质为基础。金钱固然是满足物质的必要条件，却不是君子所悦的必要条件。君子所悦之事也从来都不是金钱所能买到的。《论语》中提到君子"有若无，实若虚，犯而不校"，可很多今人内心浮躁，没钱也装有钱，也有不乏有一定经济实力的，但终日挥金似土，生活空虚糜烂。如孔子所说，他们正享受着对人有害的"三乐"，即"乐骄乐、乐佚游、乐宴乐"，哪有时间"乐节乐礼"呢？这些人有了几个钱就不知道怎样好了，反而买不来快乐，更不用说具备君子的涵养了。

《论语》还说君子有"三变"："望之俨然，即之也温，听其言也厉。""君子易事"是说君子易于接近和共事，反映了君子坦荡的胸襟与平和的风范，而且毫无功利可言，完全是内心的道德自律在起作用，君子往往有着超出常人的行为规范和思想水平。当然，谁都知道孔子这句名言的真正含义是要表达君子"难悦"，即君子是不容易被取悦的。这话初听不难理解，但仔细琢磨，却又十分深奥。首先，"难悦"并不等于"不能悦"，只不过"悦"的条件要比常人高罢了。此外，孔子也并未说究竟如何能使君子被"悦"，或说什么才是君子"悦"的标准和契机。孔子的志向是"老者安之，朋友信之，少者怀之"。如果说，这就是君子追求的目标，那么，从表面看，在两千年之后物质文明高度发达的今天，这一君子的追求标准其实是微不足道、易如反掌的，但现实生活中能够真正做到尊老爱幼的并不多。

其实，若想了解君子究竟悦什么也不难，只要看看君子忧什么就知道了。"君子忧道不忧贫""君子病无能焉""君子疾没世而名不称焉"，即是告诉我们君子担忧的是能否获得人间的真理，自己是否拥有真才实学，是否虚度年华而默默无闻。君子所悦的是信仰的实现和精神的升华。从这个意义上讲，君子对日常生活中的委琐与享受是"不忧不惧"的。

如果我们能够了解君子的所悦与所忧，那么，我们就不难了解君子的风范和具备君子的条件了，亦会对生活的意义多一分理解，对自身的欲望多一分明确。

2006/12/17
小议择贤标准

如今讲和谐社会,很少有人再提及"斗争"二字,但同时以经济建设为中心的时代又不能不说到"竞争"一词。作为企业领导,面对复杂的任务,需要多方面的人才,但用谁不用谁却成为一个永远的难题。那么,如何寻找到称职的人才?怎样才能知道一个人能力的大小?

刘勰说:"智小不可以谋大,德狭不可以处广。"如果"智小不可以谋大"的人顶多干不成大事,但还不至于危害社会的话,那么,"德狭不可以处广"的人可就不一般了。"德狭"之人不仅"不可以处广",还会因"德狭"而干出坏事来,进而危害社会,所以,用人之道更应侧重于"德"。

司马光说:"才者,德之资也;德者,才之帅也。"可见,古人认为,德在先,才在后。用人先看其德,然后才论其才。说到"德",就不能不提到君子和小人。德胜才者是君子,才胜德者是小人。德只有一种,而才则千差万别,有将才、帅才,有文才、武才,有奇才、鬼才,有贪才、庸才。在"胜者王侯败者贼"的逻辑下,一些"缺德之才"的卑鄙和龌龊往往被他们的表面现象所掩盖,甚至妄想装作有德之士。君不见,花钱买德者有之,盛装扮德者有之，附庸雅德者有之，更有甚者，巧言论德，或口是心非，阳奉阴违；或假皈某教，扮作善人，演到情真处，声泪俱下，颇有些欺骗性。另一方面，他们大都工于心计，玩弄权术：有的一手包天，盛气凌人；有的疾言厉色，专横跋扈，到事情败露，又凶相毕露，仗势欺人。所以，孔子云："小人穷斯滥矣。"是说小人一旦有困难就胡来，什么事都干得出来。因此，古人挑选人才时，如果得不到君子，宁可用愚人，也绝不会用小人。小人往往借着卑劣而成功，他们挟"才"为恶，所以，有智慧的小人更加狡猾，有勇气的小人更加危险，有权力的小人更加暴戾。因为你拿他们无可奈何，等到幡然悔悟，早已为时晚矣。

那么，如何辨别"德狭之人"？衡量人才是否称职的标准又是什么？子曰："小人难事而易悦也。"是指小人难以共事，却很容易讨他们喜欢，这是第一个标准。孔子亦云："君子尊贤而容众，嘉善而矜不能。"意思是，君子尊重贤人，善意对待普通人，而同情弱者。"德狭"的小人则正相反，这是标准之二。西方人说："伟人之所以伟大，是因为当你和他在一起时，他会让你感到你也会成为伟人。"其意与孔圣人的思想大同小异。

2007/01/24
有个性地活着

广东潮汕地区的街道两旁种着一种榕树，此树甚有个性，根茎总喜欢长在外边。偏偏当地人又常忘记这个特点，为了美观，在树周围铺满方块地砖，借以"规划"树形，美化街道。但榕树并不因此禁锢而放弃自己的生长方式，挣扎着伸出根茎，见缝插针地从每一块地砖的缝隙中强拱出来，因此，就出现了这样的景观，每棵榕树四周都有由根茎构成的围棋盘田字格，远远望去，此起彼伏，特立独行，而且充满生命力，不知情的人猛地看去，还以为是人为制造出来的。

由此，我想到了人的个性。有人说"个性决定命运"，我完全同意。心理学家说："个性决定人对现实的态度特征。"即人在处理各种社会关系方面表现出来的性格特征。也有人说："有尊严地活着比活着本身更重要。"但我以为这句话也可以改为："有个性地活着比活着本身更重要。"个性也决定人对待自己的态度，有的人意志坚强，锲而不舍，有的人意志薄弱，容易动摇。例如，有些人看起来并不是很聪明，有些偏执，甚至看起来还有点愚，但他们往往成功了，因为他们执着。有的人得到了真爱，别人会说："那是因为他（她）们傻得起！"所以成功不论智商，也不论背景，正如老话所说——英雄不问出处。

恩格斯说："人的性格不仅表现在他做什么，而且表现在他怎样做。"在中国有凤凰涅槃的故事，无独有偶，我还听说墨西哥也有鹰再生的故事。有一种墨西哥鹰可以活七十年，可在它四十岁的时候，却面临着一次痛苦的抉择：要么等死，要么重生。因为它们的爪子和嘴不断生长，四十岁的时候，由于爪子和嘴长得太长，已经无法捕食和进食了。它们要么等死，要么谋求再生。有些鹰选择再生，在随后一百五十天的日子里，艰难地飞到最高处筑巢，一根根拔掉自己的羽毛，再把自己的指甲一根根拔掉，最后用喙在坚硬的石头上用力撞击，将其砸掉。百多天后，当新的羽毛丰满，新的爪子长出，新的利喙再现，它们又重新翱翔在蓝天，获得重生。这是性格的力量。生活需要个性，生存更需要个性。

但坚持个性不能以伤害他人为代价，特别是有权力之人，因为个性还决定人的情绪特征，有的人情绪稳定，有的人则喜怒无常。假如一个单位的权力掌握在放纵个性的人手里，那么，他的手下就倒霉了。二战时期，纳粹认为体现权力的方式就是不断让他人感到痛苦，并认为这是他们的个性，于是导致了大屠杀的灾难。

榕树的不羁告诉我们，个性在不危害他人的前提下可以使个人受益，此个性就是积极的，应该顺其自然；如果强扭，则会适得其反。因此，有人说以人为本，是以各不相同的人为本，而不是以某个人为本，这就是榕树给我们的启示。

2007/04/14
致命人格

据2007年1月19日英国《太阳报》载，一个名叫盖比·吉布森（Gaby Gibson）的女佣报警称，名模坎贝尔（Naomi Campbell）曾用手猛击自己头部，起因是她没能及时找到对方所需的一条牛仔裤。盖比说："我是真的怕她，只要她找不到东西就会发疯，然后就说是佣人偷了。家里的每个佣人都是诚惶诚恐，生怕做错一点儿事把坎贝尔激怒。有时她回家就像一阵龙卷风，一旦不高兴，就会冲每个人咆哮。私下的坎贝尔全无漂亮温柔可言，就像一头发疯的猛兽。"针对坎贝尔的暴力行为，受害人已经正式对其提出起诉。两个月之后，坎贝尔被另外一名前女佣以"用手机砍伤头部缝线四针"告上法庭。

在T台上风光无限的国际名模纳奥米·坎贝尔于生活中并非大家想象中的那般风度翩翩。据媒体爆料，这位名模乘飞机到达澳大利亚时，竟一反常态地暴躁不安，对周围的乘客表现出极大的不满。这位殿堂级的美女对空中小姐连爆粗口，在她的处世辞典里好像根本没有"尊重"一词。2006年10月，她往麦迪逊花园广场的一名保安脸上吐了口水。另据媒体报道，坎贝尔的伤人史可以追溯到1993年，当时遭到她毒打的，是其助手。此外，2000年纳奥米·坎贝尔还曾因殴打助理乔伊娜被送上法庭。女神类似的动粗案例不胜枚举，我们不禁要问，这位世界级名模怎么了？

我们活在这个世上总要与人打交道，但总有一些人让你感到难以交流，也总有一些事让你感到荒诞无稽，很多人的心智年龄与实际年龄有很大差距，其心理年龄大大落后于他们的生理年龄，心理成熟的过程好像在人生的某一时刻突然停顿了，他们拒绝成长，不再进化，只好以一个孩子的心理状态混迹于成年人的世界，甚至还玩弄某些成人世界的卑劣伎俩，虚假地生活。

这类人很幼稚，他们辨别是非的能力很低，也不懂这个社会的游戏规则，做起事来为所欲为，我行我素，甚至超越道德底线。然而正因不羁，也偶然凭着先天条件出其不意地获得成功，爬到一些显赫的位置，甚至成为名人，拥有一份虚假的尊严。王蒙说："社会中有许多的不善，还有许多的恶，幼稚的人碰到这种不善和恶，会很伤心，很意外，很痛苦，很没辙，甚至会在最初的几次打击后颓然垮台，或者丧失了生活的勇气，或者走向了悲观和颓废，或者随波逐流，自己也变成了不善和恶。"所以也可以说，幼稚的人是畸形成熟，坎贝尔这个在T台上美艳绝伦、风光无限、声名显赫的人物，在精神世界里无疑是个有欠缺的残疾人。心理畸形也是一种残缺，所以幼稚的人常常掩耳盗铃、自欺欺人，有时表现为怯懦和封闭，有时表现出盲目的自大和暴戾。当幼稚的人拿着愚昧和无知当天真时，他们往往与罪恶为伍。幼稚者还有一个共性就是爱撒谎。坎贝尔从来也没有承认过她动粗，但每次都被判有罪。其实谎言并不难识破，谎言只能更加清晰地暴露本性，因为谎言不能欺骗真正成熟的人，更不能欺骗法律。

一首名为《幼稚》的诗形容得好："幼稚是每个人的第一步，只有走过来，后面才能走好。有些人觉得他们生来就是台上的人，到最后往往成了庸才，因为他们到最后没有了思想，只成为台上的道具一样，苍白的头颅里除了苍白，已经容不下任何东西。"

给易中天先生"当秘书"

2007/07/20

有一条流行手机短信,名曰"易中天十大人生感悟":

1. 人都是逼出来的;
2. 如果你简单,这个世界就对你简单;
3. 人生没有彩排,每一天都是现场直播;
4. 怀才就像怀孕,时间久了就会被人看出来;
5. 过去酒逢知己千杯少,现在酒逢千杯知己少;
6. 人生如果错了方向,停止就是进步;
7. 人生两大悲剧:一个是万念俱灰,一个是踌躇满志;
8. 人生和爱情一样,错过了爱情就错过了人生;
9. 天下有钱人终成眷属;
10. 要成功,需要朋友,要大成功,需要敌人。

当时非常脍炙人口,流行很广。

碰巧易中天先生2007年7月17日到香港给驻港部队做报告,有人问先生"十大人生感悟"的真假,易先生坚决否认。其实,我私下并未觉得这则短信有什么不妥，但既然先生矢口否认，我在这里只替易先生做个公开声明，博大家一笑。

幸运的是，先生做报告时，我一直在场录像，而且还认真做了些笔记，充当了片刻的临时秘书，心想：既然"十大人生感悟"是假的，不如我把先生的讲话精选出来，让大家见识见识真髓，并改名为"易中天最新语录"，碰巧也是十条，内容如下：

1. 文化的差异造成了这个世界交流的困难和误解；
2. 西方人是契约关系的文化，中国人是血缘关系的文化；
3. 西方人庆祝结婚纪念日是为了重申婚姻的契约关系，中国人的年夜饭是为了强调家庭的血缘关系；
4. 西方人是通过人与物的关系来处理人与人的关系，中国人是通过人与人的关系来处理人与物的关系；
5. 中国人的家庭观念是以母亲为标志；
6. 朱自清的《背影》是中国罕见的一个描写父亲的艺术作品，却被作者赋予了慈母的形象；
7. 中国人的一个核心观念是"群体意识"；
8. 中国人的三种精神是：以人为本的人本精神；脚踏实地的现实精神；追求和谐的艺术精神；
9. 中国人的生存方式是艺术的生存；
10. 和谐就是多样性的统一。

当时，社会上确有很多人借易先生的嘴来为自己发声，假冒其座右铭，而我的笔记千真万确，客观真实，绝无半点杜撰，更没有半点"借易的酒杯，浇自己胸中块垒"的嫌疑。

2007/07/29
由天气预报员谈电视机构变迁

近来,突然注意到香港电视媒体中,天气预报的播报员发生了变化,露脸人物不再是那些语速飞快的播音员,而是天文台的某某科学主任。这些新面孔既不英俊,也不潇洒,有的甚至谈不上说话利索,却给人以专业、可靠的感觉。这使人不由想起那部美国电影《天气预报员》。影片中,著名演员尼古拉斯·凯奇扮演一名叫达夫的天气预报员,因为屡次预报不准,而遭人用奶昔、苹果派扔打,砸得狼狈闪躲。虽然《天气预报员》是一部黑色喜剧,却也说明天气预报这项工作需要一个具有专业知识背景、能对气象云图进行分析并能够清晰阐述自己观点的人员才能胜任,难怪连CNN也开始使用专业人士播报天气预报了。

电视机构的不断改革与电视节目的不断变迁,亦驱使从业人员不断变换自己的角色,正可谓,三十年河东,三十年河西。好比曾红极一时的综艺节目终不过明日黄花,很少有人再看,而央视个别中心频道化、扁平化运作的推行,使得部主任这个层次的干部消失。还有一个可能即将在电视台消失的工种是纪录片工作者。电视台栏目化运作的特点是,唯收视率第一,这就要求电视节目制作必须成本低、周期短,并且是工业化的生产。据了解,各地电视台近几年来专门的纪录片栏目越来越少，上海电视台当年收视率高达36%的《纪录片编辑室》，如今业已日薄西山，收视率只有7%。纪录片下滑的原因是成本高和格调高。制作一部优秀的纪录片绝非一日之功，甚至需要积年累月，精工细作，这是栏目化运作电视台根本承受不起的。格调高是指纪录片大都要揭示比较深刻的主题，需要拍摄者深入挖掘人物和事件的背景，情节的叙述需要积累和烘托，其表现手法更接近于电视剧和故事片的形式。但是相比栏目化运作的节目，纪录片的叙事节奏就显得比较慢，在浮躁、夸张、喧嚣的流行电视节目中，显得很不协调。现在各个电视台在制作纪录片时大都临时组建摄制组，并按照新闻手法和角度来制作纪录片，节目数量也非常有限，相对过去，无论在内容上，还是形式上，都不能与过去的纪录片同日而语。

从国际角度看，随着制播分离的出现，国外电视媒体大都采用购买的方式，来解决纪录片的问题，电视媒体本身不再养活专门的纪录片制作人员。据说央视也早已经将天气预报节目承包给了国家气象局……

2007/08/29
一片奇云的遐想

一次乘船出海，百无聊赖间举目向窗外眺望，突然被天空中的一片白云吸引，确切地说，是被惊呆了。

这哪里是一片云，分明是一只飞翔的白天鹅。这天鹅硕大无比，好像刚从天边腾空而起，正卖力地舞动翅膀，迎着风，向上向前奋力飞翔。它仰头，微微张着嘴，整个身体在碧空衬托下显得格外妩媚。细看，它的双脚向后收拢，以减少阻力，身下的一团白云翻滚着，正好应了那句话——腾云驾雾。

以前做收藏节目时，曾经见过许多奇石，时间久了，也掌握了一些奇石的知识。如有些石头本不值钱，可由于其造型像某种动物或人物，便被收藏者赋予了特殊意义，因而价值不菲，行内称"象形石"。象形石，顾名思义，首先要像，但天然石头不可能惟妙惟肖，只要神似便足矣。其次，要富有动感，此为象形石的生命和灵魂。动感十足的象形石，不仅造型栩栩如生，还体现在细微的意会之中，如飞舞、仰首、飘动等姿态。好的象形石可以达到出神入化、令人叹为观止的境界。

应该承认，爱奇石的人，都是充满想象的人。大自然变化无穷，处处展现它和谐、优美的韵律，常常幻化出无法想象的图案和造型，引得我们在自然面前肆意展开想象的翅膀。当我们惊异于大自然的天造地设、鬼斧神工的同时，实际上也在肯定自己对于美的发现。

其实，看人又何尝不是如此？有时候在你看来没用的人，在别人看来却是奇才，所以才有了伯乐和知己。从这个意义上讲，收藏奇石之人收藏的是自己的一份欣赏和发现。作为记者，如具一双慧眼，去发现和收藏历史珍贵的一瞬间，那不仅是记者的天职，也是记者起码的素质。

这片神奇的天鹅状白云是大自然创作的一幅流动的水墨画，稍纵即逝，可它给我留下的却是无限的遐想。正可谓，"奇"云本不奇。

2007/10/23
忍耐，只为灿烂的那一天

广东肇庆鼎湖山自然保护区内有一个蝴蝶园，位于一个淡水湖心的小岛上。园区四面环水，整个蝴蝶园被一张巨大的铁丝网覆盖，里面养着成千上万只美丽的蝴蝶，游人在园内可近距离观看各色蝴蝶。

翩翩起舞的蝴蝶、静若处子的蝴蝶、嬉戏追逐的蝴蝶，以及正处于新婚燕尔的蝴蝶，五颜六色，令人目不暇接，流连忘返，但最使我感兴趣的是一只蛹。

此蛹的外表非常奇特，它将自己装扮成树叶的形状，颜色、纹路都与周围的树叶完全吻合，加之它趴在树枝上一动不动，不仔细看，根本分辨不出是叶是蛹。

几周后，蛹内部的器官会成熟，时机一到，新生命便奋力地破蛹而出，挥舞着美丽的翅膀，飞向阳光明媚的天地。蝴蝶本是好"色"的昆虫，极尽臭美之能事，说白了，它们就是为美而生的。在蝴蝶的世界里，美就是它们的天性和本能，在短短几个星期的生命周期里，唯一的目的就是争奇斗艳。在比美的时刻，没有谦逊，更无须含蓄，展示美丽是它们生命的全部意义。

但是，望着眼前这只树叶般的蝶蛹，我被惊呆了。蝴蝶位于食

物链的底端,生命随时受到来自野外的各种威胁。为了度过自己最危险、最脆弱的时期,为了能有机会展示自己的美艳,为了最辉煌的那天到来,它们必须暂时伪装自己、保护自己。于是,上帝让它们不惜借助自然的颜色,欺骗更加强大的天敌和对手,对它们来说,活下来才最重要。

蝶蛹看似静止不动,其实内部无时无刻不在进行着剧烈的演变。血液中的血球细胞不断分裂、组合,这种艰难的过程通常要持续数天,乃至数周才能完成。在完成整个痛苦的变化和改造之后,蛹才蜕去伪装,羽化成蝶,这才有了这大千世界让我们眼花缭乱的蝴蝶王国。

人的世界何尝不是如此?假如你的羽翼还未丰满,假如你的力量尚未强大到足以威慑对手,假如你还想有一天去展现自己独具的个性和过人的才华,那么,学习一下这些树叶般的弱小蝶蛹,暂时伪装自己,耐心忍耐,静待羽化的那一天。

2007/11/24
火红的井冈山

八十年前，井冈山人民怎么也不会想到在下一个世纪里，自己的家园会变得更为万众瞩目，成为一个火红的革命旅游胜地。

据说，井冈山是时下最有吸引力的红色旅游目的地，也是旅游业搞得最成功的一个老区。一下火车，眼前景象就让人耳目一新，车站全是钢架结构，宽广开阔，令人赏心悦目。

在井冈山市的入口处，一个巨大的红旗雕塑巍然屹立，在蓝天的映衬下耀眼夺目，撼人心魄，勾起人们无限的遐想。红旗雕塑虽然是石头质地，但造型独特，构思巧妙，整体向右上方倾斜"舞动"，给人呼之欲出之感，是国内罕见的灵动雕塑。

旅游区设施完备，干净整洁，管理井井有条。上下山还可搭乘索道，从空中鸟瞰大小瀑布和险山峻岭。沿途大小景点星罗棋布，

密密麻麻。飞流般的瀑布荡漾飘落，有的如妙曼美女，有的似银河落天。潺潺流水沁人心脾，水中落英缤纷、光影摇曳。山林小道蜿蜒崎岖，曲径幽壑辗转迷离。在这山清水秀间，你如何能把眼前美景和惨烈的战争年代联系在一起？仿佛旧日一切都已遥不可及，又如梦似幻。

走着走着，遇到一位于山路上扫地的清洁工人。他突然放下扫把，给游客高歌了一曲，是一段高亢的山歌。优美动听的歌声在山间婉转悠扬、回荡，久久挥之不去。即便此刻你已身心俱疲，也会在歌声的涤荡下精神抖擞起来。

井冈山人当然不会让你在神游之后立刻回到现实，耗资上亿元的井冈山革命博物馆气度不凡，庄严肃穆，里面的解说员盛装登场，用现代化的液晶移动大屏幕进行讲解，展厅里声、光、电，各种手段应有尽有，模仿出逼真的历史场面和人物，声画并茂、栩栩如生。

一个叫茨坪的小地方，八十年前曾是革命根据地，党、政、军的最高指挥中心所在地。中共井冈山前委、湘赣边界特委、湘赣边界工农兵政府、湘赣边界防务委员会等各种高级领导机关及红四军的军部、军官教导队、军械处和公卖处等许多重要设施都设在这里。如今，这里的所有农业居民都转成城市户口并迁出，茨坪已经成为全国重点文物保护单位。井冈山人民对所有建筑都按原貌修复，并对观众开放。

最值得一提的是五指山，据说当年一百元人民币的背景图就采用了此山的风光为背景。也许当年的设计者是想时刻提醒人们，我们今天的好日子是从这里走出来的，难怪有人把井冈山称作"天下第一山"，"天下"不就是今天的中华人民共和国嘛！

2008/01/01
有感于新年立志

新年伊始，大家又开始为自己立志了。俗话说：百学必先立志。但有志者未必事竟成，很多人年复一年立下同样的志愿，却终未能成就心愿，有的还成为终身憾事，这不是立志本身的问题，而是立志一定要结合自己的切实条件。

每人都拥有一笔财富，那就是自己的天分和潜质。有人说，上帝给每个人手里都发了一张巨额支票，关键是你有没有去兑现。中国智障音乐人舟舟就是一个奇迹。他的智商不及正常孩子的一半，但经过努力，他却练就了指挥家的本领，只要拿起指挥棒，他就能指挥世界顶级的交响乐团，演奏出激情澎湃的乐曲。

天分是一个人一生的财富，但它往往是隐性的，也就是说，某些天分起初或许不是很明显，难以察觉，因而容易失之交臂，所以立志首先要寻找和发现自己的天赋，包括要看你的天赋是什么类型、潜力有多大，即上帝给你的巨额支票是什么币种以及面额是多少。这是个艰难而又痛苦的过程，听起来很玄妙，实则很简单。其次，要善于把握机会。即便一个有天赋的人，如果随波逐流，人云亦云，行事不得要领，也很难为自己的天赋找到归宿。

也有人很早就显露出自己的天赋，但因条件有限，始终无法兑现，成为终生憾事。例如很多边远地区的孩子非常聪明，也很有志气，但因缺乏机会和客观条件，落得一生无奈。也有的人为了保证基本的生存条件和物质生活水平，不得不暂时放弃自己的天赋和兴趣，委曲求全。当然，人生难免顾此失彼，两全其美，难怪有人会说，最幸福的人是干自己喜欢的工作。

所谓幸运儿，就是那些从小就被挖掘出潜质的天才。他们就像浅层的优质煤矿，根本用不着深挖，一目了然，率先被列为重点培养对象。

其实，人生难免与天赋失之交臂，但至少在我们的一生中要做一次努力和尝试。也许你不一定能成功，也许你永远也走不上领奖台，也许在别人看来，你追求的只是一个虚幻的梦想，但只要努力了，就值得骄傲。新年立志的意义就是激励我们、提醒我们振作起来，抖去身上慵懒的尘土，在新的一年里寻找上帝赋予我们的那份天赋，并为之努力。

2008/03/01

庐山的真面目

游庐山是2007年初秋的事了。本来胸有千言万语，但迟迟不敢动笔，庐山确实不易被人识破"真面目"。近来偶读唐朝诗人王勃的《滕王阁》，突然产生灵感，朦朦胧胧的庐山印象才又一点一点浮现在脑海中。

有人说庐山是"政治山"，其实，在我看来，庐山更像一所建筑博物馆。因为这里汇集和保留了十五个国家的一千多栋不同风格的别墅，建筑总面积达五十多万平方米。据说，第一个到庐山开发房地产的商人是英国传教士李特立。1886年，二十二岁的他到九江开辟传教区，暗中看好庐山，并自行测量土地。1895年，英国驻九江领事与清政府九江道签订租期为九百九十九年的庐山英租界条约，李特立后将购下的租界地皮划为两百多块，在汉口、上海等地出售，获取暴利。一百多年前，一个外国人到人烟稀少的中国山区腹地开发房地产，而且还一举成功，这不能不说是个奇迹，但有一点我敢断言，庐山之所以能吸引欧洲人的注意，必定因其自然风光颇具北欧风格，而且当地植被保存得亦佳，到处都是茂密的松林和翠柏。

庐山不仅山色宜人，气候也非常凉爽。中国南方在夏季非常炎热，庐山却是绝好的避暑胜地。当时我从香港出发时穿的是T恤衫，而庐山已是秋意浓浓，满山金黄色的枫叶在夕阳下熠熠生光，

到达庐山宾馆后不得不穿上了毛衣。

其实论景色，中国的名山大川里，庐山排不上号。论险峻，它不如华山；论秀美，它不及黄山；论伟岸，它又逊于泰山，但庐山有自己专属的经典之处——盛产伟人的故事。

蒋介石和毛泽东都酷爱庐山。

1926年12月，时任北伐军总司令的蒋介石第一次登上庐山，感叹道："异日终老林泉，此其地欤？"后来，他在庐山广置别墅，其中最有名的是河东路180号，即著名的美庐别墅。在二十世纪三十年代，庐山还不通公路，蒋介石每每上山都是乘坐轿子。如今，站在美庐别墅门口，望着枝蔓攀爬的老屋墙，一句"阁中帝子今何在，槛外长江空自流"足以表达"俱往矣"的心境。

乘坐汽车到达庐山山顶，山路回环曲折，能令人深切体会到毛泽东诗云"一山飞峙大江边，跃上葱茏四百旋"的磅礴意境。从1959年到1970年间，主席先后三次登上庐山，在此处共停留137天。1959年夏天，中共中央决定在庐山召开一次政治局扩大会议，毛泽东和其他中央领导人在武汉登船，乘坐"江峡号"沿江而下，从九江坐车上山。这是毛泽东第一次登临庐山。后来，又盖了庐林一号别墅，这栋别墅占地两万平方米，坐落在庐山牯岭南面的庐林湖畔。和庐山其他别墅不同的是，庐林一号采用类似北京四合院回字式结构，还结合了苏联的建筑样式，开阔气派，空间宽大。据说，毛泽东对此并不钟意，有时还是回到"美庐"去住。

庐林一号外松林茂密，晨光明媚时，绿树会将别墅白墙映照得格外醒目，晃得人睁不开眼。斑驳的阳光透过林间的缝隙投射到翠绿的草坪上，把本来就曲径通幽的小院装扮得更加静谧。

庐林一号旁边是风景秀美的庐林湖。据说当年主席常在湖中游泳。说起来，庐山给我印象最深的就是庐林湖，电影《庐山恋》中最浪漫的一幕就是男女主人公在湖中游泳，虽然今天看来这种表现手法过于简单，台词也显夸张，但张瑜、郭凯敏在岸边甜言蜜语的情节仍然成为那个年代最浪漫的画面，至今历历在目。说句题外话，《庐山恋》曾号称奉献了新中国电影的第一场吻戏，不知道是不是也因此为庐山增添了一抹甜蜜的瑰色。总之，《庐山恋》大大提升了庐山在广大人民心目中的地位，风景区还专门兴建了一座小型影院，从早到晚放映这部影片，成为庐山的一个固定展示项目。2002年底，世界吉尼斯英国总部正式授予中国电影《庐山恋》"世界上在同一影院连续放映时间最长的电影"的吉尼斯纪录，据说至今已经放映了万余场。主演张瑜也凭借此片成为二十世纪八十年代观众心中的"梦中情人"，并当选第一届金鸡奖和同年百花奖的"双料影后"。

登庐山之前恰巧刚刚游览了滕王阁，见到了唐朝诗人崔颢的《黄鹤楼》，诗文写得波澜壮阔、豪迈昂扬，被世人推崇为题黄鹤楼之绝唱。此时，将其借用于吟咏庐山，也并不为过：

> 昔人已乘黄鹤去，此地空余黄鹤楼。
>
> 黄鹤一去不复返，白云千载空悠悠。

2008/04/04

英语不是低腰裤

日前,坐火车返回香港,对铺是一个会讲普通话的美国人,遂一路闲谈。得知他是去香港帮助某企业做心理沟通工作的,便问其学的是什么专业,答曰:"没上过大学。"以前在美国做过石油工人,后到内地教英语,再后来发现在中国当英语老师赚钱容易,索性辞职,改行做专职老师。听完他的话,我不禁愕然。

学习英语始终是内地的热门现象。从小学的外教班到成人的培训班,升学、拿文凭、找工作,样样离不开英语,一时间,外籍教学人员供不应求,成为紧俏人才。一些母语为英语的外籍人士纷纷到中国来找工作,水平良莠不齐,有些根本没有教学经验,甚至连高中都未毕业。他们在自己的国家很难找到合适的工作,但到了中国,摇身一变都成了专业人士,薪金水平、社会地位都提高了一大截。

有外国朋友给我讲过一个笑话:一个不懂英语的家长急需给孩子找个外教,几经周折,终于找到一个,请来给孩子教了三个月,那个外国人就走了,但是孩子的英语怎么听都不对劲,后来才知那是个波兰人,给孩子教了三个月的波兰语,却拿了三个月的工资。由此,我又联想到最近流行一种低腰裤。这种裤子穿上很新潮,好像还被评为近年来重要的时尚发明。不知从什么时候起，不管男女老少，都以露出小蛮腰或水桶腰为荣。可这种裤子也有一个问题，就是腰太低，穿的人只要一蹲下，就会露出半个屁股，颇为不雅。

其实，学英语本来是件好事，但英语毕竟不是服装，更不是低腰裤，想穿就能穿。学过英语的人都知道，有个好老师固然重要，但主要还得自己努力，没有多年的苦功是不可能有收获的。仅靠外教，搞形式主义，是学不好英语的。

时下很多内地学生家长盲目迷信外教，不少学校为了迎合这种趋势，借机多收学费，广招外教，却根本不管来的人是否称职。其实，街头那种有了外教"三个月就能学好英语"的口号都是骗人的把戏。希望时下的英语热不要像低腰裤那样，花的钱不少，自以为好看，但实际上是"养了他人的眼"！

2008/04/29
感人的奥运圣火传递

2008年4月27日,奥运火炬在韩国首尔开始其境外传递的第十七站。中午十二点半,我早早赶到火炬传递起点——奥林匹克公园。一下车,立刻被眼前的情景惊呆了。

成千上万在韩中国留学生聚集在广场上,成片的五星红旗在空中挥舞,《国歌》《大中国》等乐曲高亢有力,激越九天,嘹亮的歌声在细雨中弥漫,为即将点燃的奥运火炬助威。孩子们忘情地唱着,好像思乡与爱国的情怀被压抑了很久,今天突然被奥运火炬点燃了。

任何一个国人置身这样的场面,都会被感染。我举着摄像机,

几度热泪盈眶。虽然他们让我看见的只是兴奋和喜悦的笑脸，我却感受到一颗颗真挚的爱国之心在跃动，听到他们挥之不去的热血在流淌。他们向全世界传递着一个声音：我们热爱中国。

每当有摄影记者靠前拍摄，学生们就兴奋起来，"中国，加油"的欢呼声此起彼伏，响彻云霄。据说孩子们提前两个小时就来到这里，被韩国警察围在一个一个的方阵里，没有人喊累，没有人焦躁，为的就是一睹奥运的圣火。

其实，在火炬传递的前一天，我们曾去首尔的孔子学院采访过一些中国留学生，拍摄到了他们准备国旗、标语的画面，也见识到了他们的爱国热情，但今天的场面还是大大出乎我们的意料。此前，一位韩国记者曾打电话探听会有多少中国留学生到场加油，我们都委婉地表示不清楚，但我们知道在韩中国留学生总数大概有两万余人，当日盛况给我的感觉就是——他们倾巢出动了。

火炬传递后不久，我赶到光化门，拍摄华人社团组织的迎火炬活动。这里的舞龙、鼓乐、伞舞同样给我留下了深刻印象。据了解，练鼓的孩子们为了在短时间内掌握击鼓的技巧，双手都练出了血泡。在这里，我见到一面长九米、宽六米的巨型国旗，他们说这是威海市市民赠送的。其实，包括学生们用的各种型号的国旗都是由国内赞助商提供的，单就这一点来说，火炬的传递凝聚了全球华人的心。

午后四点，我赶到清溪川。只见迎面疾步走来一队留学生，我问他们往哪里去，对方气愤地说那边发现了"藏独分子"。他们好像战士听到了号角，成群向另一条街冲去，我也跟着学生向前跑，远远地听见学生们喊口号的声音。学生们显然非常激动，顺着他们的视线，果然在马路的对面看见了一队示威的"藏独分子"。而在马路的这边，学生们群情激奋，齐声喊着"中国，加油"。由于学生人数占绝对的优势，口号声淹没了"藏独分子"低沉的喇叭声，有激昂的学生齐声发出了"滚回去"的怒吼。

晚六时，整个市政厅广场到处都是五星红旗。无数国旗迎风招展，汇成一片红色海洋。奔走了一天的学生们热情丝毫不减，继续尽情宣泄着他们的热情，"中国加油""北京加油"的口号一浪高过一浪，为圣火传递的闭幕演奏出了最强劲的序曲。

火炬传递能在首尔顺利进行，在韩留学生们功不可没。据说，他们都是自己掏钱定做统一的T恤。我们这次参加报道的几位记者来自不同国家和地区，有些人曾在多个国家参加火炬传递的报道，他们亦感叹：这是他们经历过的最感人的圣火传递。后据传，韩国媒体对此大惊失色，连篇累牍报道"韩国已经失陷"。

2008/05/04
在韩国感受中华文化

早知韩国是"亚洲四小龙之一",所以四月底,当我接到赴韩的通知时,心里非常高兴。以前去过日本,大街小巷都是汉字,意思一琢磨就明白,不觉得特生分,心想着韩国估计也大同小异吧!可出乎我的意料,我下飞机后伸长脖子使劲往车窗外看,一路走来,街头汉字寥寥无几,这才想起韩国一直在搞"去汉化运动",城里的汉字比以前少许多了。

我在住处安顿好,就到对街找餐馆。远远看见无数当地人手提纸灯笼在市政厅广场排队转圈,心下好奇,次日一打听,原来那天是佛诞日,当地人盛装列队祈祷祝福。而韩国的佛教是途经中国传过去的。

我们驻地对面的明洞地区非常热闹,有"小银座"之雅号。店铺建筑虽不高,但也鳞次栉比,密密麻麻,紧密伫立在狭窄的街道两旁。当你抬头望去,视线自然会随着蜿蜒的霓虹灯延伸至远方,一眼望不到尽头。

由于满街都是看不懂的韩文,连英文标志都很少,尽管小饭店很多,也不敢轻易进入。转了半天,终于找到一家面馆,总算有英文菜单了。坐定后发现桌上放着筷子筒,虽然是金属筷子,看着也亲切,毕竟是咱熟悉的吃饭家什。再一看菜谱,有饺子面——嘿,就吃这个。

首尔地下工程四通八达,这一点和东京雷同。次日一早,我决定逛地下街市,终于在一些小店门脸橱窗上见到久违的汉字。随意走进一家卖人参糖的店铺,店员是位老者。我试图用英语和他交流,但他只能说几个单词。他问我:"Chinese?"我点头称是,老人随手拿出纸笔,熟练地用繁体写下"最高品质的糖"几个汉字。我心头一热,好像突然对韩国不再陌生,立即掏钱买了两包糖。临走,老人又潇洒写下"谢谢"两字,字体潇洒流畅、苍劲有力,说实话,比我写的都好。我连声道谢,高兴地走出了店门。

一出地下街市,看见一个纪念碑,上面用汉字写着:救国英雄李舜臣将军铜像。1592年,日本的丰臣秀吉率领二十余万大军进

犯朝鲜，并攻陷当时的汉城，占领了大半朝鲜半岛，史称"壬辰倭乱"。应朝鲜王朝之请，当时中国明朝派兵出援。李舜臣同陈璘、邓子龙率领的中国水军组成联合舰队，与日本海军作战，开始了长达七年的中朝两国军民共同抗击倭寇的战争，史称"壬辰卫国战争"。后来，李舜臣被韩国人视为民族英雄。

晚上，我又到一家小餐馆吃饭，由于不懂韩语，说了半天，店员也不明白，正着急时，突然从里间出来一位大姐，用带东北味的普通话跟我打招呼。闲聊时，得知她来自黑龙江，鲜族人，在此处打工挣钱。原来，这附近的小饭馆里有不少出来打工的中国人，以后再去小馆吃饭，索性就直接说中文好了。

2008/10/10
写博客的秘籍

在香港写博客已近两年，温故知新，颇有些感慨。博客是一种既不同于普通日记，又区别于散文的体裁，确实有一些经验和体会值得总结和分享。

首先，博文不易太长，字数在两千左右为佳。理由很简单，当今正值信息爆炸的年代，人们没时间看你长篇大论，博文要极度精练。当下，能静心读一部长篇小说的人越来越少，何况网络本身就是快餐文化。博客起源于个人网络日志，但谁也不愿看絮絮叨叨的流水账日记。

其次，虽然是快餐文化，也要不乏一定的知识性和娱乐性，即要有一定的营养和价值，否则就没有吸引力。好的博客能体现作者的品位和定位。从这个角度讲，博客不仅要言之有物，还要具有针对性。博客的定位有多种形式，可以按类型定位，如散文博客、诗歌博客、评论博客、新闻博客、故事博客、图片博客等；当然，也可以按受众的文化水平和年龄段定位，例如有的博客是给文化程度比较高的人阅读的，有的是则是给打工仔阅读的，有的是给军人看的，有的是给小众群体看的，如此等等，不一而足。

博客是公开的日志，所以博客本质上是心灵的"真人秀"。既然是秀，就要追求看点，追求点击率，就像电视节目一样，要重视收视率高低。事实上博客流行与否通常也以点击率为依据。为此，博文的名字一定要响亮。博文的名字与普通文章的名字不一样，一般文章的名字以寓意深刻为好，一目了然为佳，但博客的名字以触目惊心为好，以动人心弦为妙，从这个意义上来讲，博客是视像文化，第一感觉很重要（如能适当配以相关的照片则更有吸引力）。博文的名字好比人的衣服和外表，越光鲜越好，好的博客要像电视广告一样，一定要在第一秒就抓住浏览者的视线和心理，让人欲罢不能。

写博客还要有规律，发表时间间隔不能太长。受众是需要培养的，如果没有规律，就是不尊重网民，就很难拥有自己固定的阅读群体，造成阅看群体的不稳定。但博客也不能单纯追求点击率。如今很多人写博客出了名，原因多种多样。有的人确有真才实学，名副其实，他们通过博客展露自己木秀于林、鹤立鸡群的风貌；但也有的人是靠哗众取宠、投机取巧，如起一个耸人听闻的名字，故弄玄虚，先将看客骗来，但内容却差之千里，看后让人高呼上当。有个别人为追求短期效应炒热点事件，或炒明星丑闻，甚至还有炒去世名人的。这样的博客可以争得一时之利，但不可长久维持。所以写博客也要讲诚信，不可欺世盗名。听说有些人为了增加点击率雇用枪手帮助点击，纯属自欺欺人。

决定博客成功与否的因素还有很多，如网页的推荐、幕后的策划、形象的包装等，因笔者水平有限，这里不再一一列举。但我以为博客说到底是自己心路历程的记录，曾经在一位同行博客上看到这样一条留言："回首驻外经历，就是这些文字留下些痕迹。"一语道破天机，这也是我写博客的初衷。

2008/11/02
陋习不改难和谐

前几天看了一条电视新闻,报道上海市民在地铁里抢位的现象,有记者呼吁市民遵守公共秩序,做文明乘客。由此想到在香港乘车的感受。

在香港的巴士站和地铁站,并无人维持秩序,后来者会自觉站在先来者后面。无论队伍拉得多长,也不会有人插队。排队等待的人也从不焦躁,而是习以为常。此外,港人有个好习惯,不管做什么都排队,哪怕队伍再长,也不会出乱子,更不会有夹塞儿情形。

那么,内地人为什么就不能文明出行呢?

想来,原因有二。一是历史原因。改革开放前,由于经济发展落后,人口过多,资源短缺,使得国人生活方方面面受到限制,不抢不争就没有机会。物质匮乏的年代,买菜要抢,买粮要抢,"抢"成为一种生存习惯。至今,这种陋习还深深影响着国人。后来,人们发现生存空间也变成有限的了。求职时竞争对手太多,即便找到工作,升迁的机会也被更有路子的人占据了。痛苦的经验告诉人们,这个世界的时间、空间都是有限的,不先行一步,就没有你的份儿了。我们甚至还有一个逻辑,就是什么都要抢第一,因为第二很可能就意味着一无所有,所以,爱拼才会赢。原因之二是国民缺乏素质教育。基本的社会公德意识不是一朝一夕就可习得，应从小培养，代代相传，才能逐渐形成良好的社会风气。《史记·鲁周公世家》载，周公令儿子伯禽治理鲁地，伯禽三年后才回来述职。周公问伯禽为何耗时这么久。伯禽道："变其俗，革其礼，丧三年然后除之，故迟。"可见，克服旧的陋习，培养好的社会行为习惯需要时间，从这一点来说，改变国人之陋习，任重而道远。二十世纪九十年代初，我曾策划、拍摄过一条规劝顾客排队的公益广告，被当时的主管领导毙掉了，她认为该选题太过无聊，微不足道。可见，习惯成自然，难怪有人对此见怪不怪。

改革开放三十年了，如今的中国可以说是国富民强，物质极大地丰富了，很少有什么值得人们去拼抢了，但不排队的陋习却固若金汤，这隐约折射出国人身上残留的历史烙印。现在都讲和谐社会，这不排队的陋习也该改改了。

2009/05/14
十个不争第一的理由

我们总习惯于为第一而奋斗，因为第一意味着鲜花和掌声，意味着荣誉和尊严，所以我们轻蔑失败者，独尊第一。但你有没有认真想过，大多数的时候，大多数人以失败而告终，失败才是真实的，失败才是我们成长的原因，承认失败才是我们愉快的源泉。

最近看了一则短文，介绍十个为失败而战的理由，获益匪浅，译后如下：

1. 如果总是等候一举成功的时刻，那你永远不会迈出第一步。
2. 失败是成功之母。
3. 你将更有人缘，人们更易接受你的少许进步。
4. 你不会过分在意别人对你的评价。
5. 你的朋友会告诉你：你本来可以赢的，那正是他们喜欢做的。
6. 失败时你会懂得韬光养晦的意义。
7. 害怕失败常常因为虚假的自信。
8. 失败磨炼性格。
9. 如果你过早地成功，就会失去前进的动力。

10. 要学会潇洒，像施瓦辛格说的那样：我还会再来！

其实，谁都不喜欢失败，但失败却不可避免，而且失败不可或缺，这是我们进步的必经之路。此外，当你觉得自己已经做得很好了，可冠军只有一个，那么，你要学会屈尊，学会忍让。冠军并不意味着最好，往往只是个头衔。有经验并且严谨的评委不会因为参赛者曾是冠军而影响自己的判断，深谙这一点，你就会荣辱不惊了。

2009/06/05
忆罗京

得知罗京去世，甚感意外。不过四十八岁的年纪，可谓正当年，就这么走了，非常遗憾。回想最后一次见他是2007年7月3日下午。那天，我去香港君悦酒店送新闻中心的领导回京，在大堂里意外见到罗京。当时，他早下来了几分钟，正在那里等候其他同事。由于好久没见，加之他乡遇故知，百感交集。我还特意与他合影留念，没想到两年后他就离世了，那张合影竟成了诀别之照。

罗京随新闻中心记者来港是为报道胡锦涛总书记参加香港回归十周年的庆祝活动。他当时是央视的大牌主持人，没有重要活动不会轻易出门，所以在香港见到他并不容易。

其实，我跟罗京早在二十世纪九十年代初就认识。因其长我两岁，所以简称其为"罗哥"。当时，我在广告部制作公益广告，经常需要播音员配音，而广告部门又没有自己的播音员，所以不得不去《新闻联播》的播音组求助。罗京嗓音浑厚，庄重沉稳，很适合一些正面题材的节目，是央视的品牌声音。但请罗哥配音颇费些周折，通常情况下不提前预约是找不到的。但只要他答应，每次都会准时赴约，从不食言。

罗哥表面上严肃有余，实际上却为人谦和，在台里碰见熟人都会打招呼，没有名人的架子。一次，台里少儿之家组织活动，罗哥携夫人一起参加，碰巧他儿子跟我儿子在一个班，且都是重量级的小胖子，便有了话题。其间，我们一起探讨了关于如何给孩子减肥的话题，在分析了各种失败的尝试和经验教训后，我们得出一个结论——随他去吧！

罗哥不仅是同事、朋友，还是师长。2006年来港前，驻外记者培训科目中有播音一项，其中一课就是罗哥给上的。当罗京走进教室时，大家报以热烈的掌声。谁都知道，他能抽出时间来给大家讲课不容易。记得他说过的印象最深的一句话是：播音要自然，你平时说话聊天为什么不累，因为你没有刻意去发音，所以报道的时候发音越自然越好。想必，罗京做人也是本着自然的原则。在物欲横流的世界里，很多著名主持人外出走穴或经商，利用自己的名人效应做幌子，招财进宝，发家致富。但他不为所动，从未听到他因什么事而惹上麻烦，缠上官司。从这个角度讲，他走得心安理得，问心无愧。

罗哥，一路走好。

2009/07/05

纪念不朽的杰克逊

被誉为"地球上最伟大的表演者"走了，走得转瞬突兀，让世人无法接受。迈克尔·杰克逊死后留下三大谜团：一是死因，二是债务，三是葬礼。

有传言说杰克逊是"过劳死"，即答应AEG公司在伦敦演出后，排练过于辛苦，压力过大而猝死。演出预定十场，后改为三十场，最后又追加到五十场。友人透露迈克尔死前曾说："我不去伦敦，便会被杀！"一时间，AEG公司成为众矢之的，但随后该公司主席兼行政总裁兰蒂·菲利普斯突然向新闻界公布了杰克逊死前两天的彩排录像，生动显示其生龙活虎的状态。而杰克逊私人医生莫里则坦言，"我总不能和摇滚乐王对着干"，暗示杰克逊自己滥用毒品。有友人说迈克尔是从1984年为百事可乐拍广告意外烧伤后开始沾染毒品的。事实上，杰克逊早年曾对其前妻、猫王女儿莉莎·普雷斯利说过："我早晚会有像他一样的下场！"众所周知，猫王是滥用毒品而终。

因整容、打官司、多年不演出及不善理财，杰克逊生前曾欠下五亿多的债务，但具有讽刺意味的是，专家断言：杰克逊的版权收入和甲壳虫乐队中的股份可以让杰克逊死后一年的收入超过他生前以往十年的收入总和。至于AEG公司，因演唱会举办不成，有人曾预言将损失惨重，包括八千五百万美元的退票费用、三千万美元的彩排费和制作费。据说，公司主席菲利普斯化腐朽为神奇，将杰克逊生前彩排的片断公布，又提出用其生前亲自设计的一张3D立体图案门票换取歌迷不退票。据说，有四成以上歌迷表示将以门票作为纪念品，不会退票，加之AEG公司推出的杰克逊纪念品系列，不但不会赔钱，甚至有可能盈利。而杰克逊的葬礼预计有七十万人到场，主办单位正是AEG，一万七千五百张门票采用网上抽签方式免费获得，美国洛杉矶斯得普斯中心网站一度瘫痪，点击率达五亿人次。

其实，杰克逊是个非常单纯的人。他建造梦幻园是为了补偿自己童年的损失，可悲的是，他过于信赖他人。娈童案发生后，一个自称熟人的记者进驻他家长期采访，杰克逊积极配合，有求必应，但那个记者却曲意逢迎市场需求，采用断章取义的编辑手法，将其描绘成一个真正的恋童癖，以大价钱将节目卖给电视台播出。杰克逊非常气愤，不得不又单独请人制作专题节目，以正视听。

人们怀念他，是因为他是个艺术天才。有人问杰克逊是如何发明特殊舞步时，他说："我没有创作什么舞蹈，那些舞步是自然而成的！"天才是学不来的。看杰克逊的演出非常揪心，他的癫狂、投入和忘情，令人窒息，有时，你会担心他在台上真的会因过于动情而气绝，难怪每次演出都有很多女歌迷接连被担架抬出现场。杰克逊是个追求完美的人，对自己的过去永不满足，他曾说："生活在过去是悲哀的，这就是为什么我不把奖杯摆在屋里的原因！"

2009/12/25

送老曹回京

这些年在香港认识了一些非常要好的朋友，老曹便是其一。相见恨晚就是见到他后的第一感觉。

老曹待人真诚，朋友也特别多。他的任期到了，28日要返京。这些日子一波又一波的人前来喝饯行酒，老曹索性狂放豪饮，每天都被朋友灌得酩酊大醉，不省人事。

孔子云："君子和而不同！"老曹虽然和我有共同爱好，但彼此性格却并不一致。他是个比较粗线条的君子，经常丢三落四，说话直来直去。可在写作上，他却一丝不苟，思维缜密。他尤喜哲学，博文内容大都以逻辑思辨型的体会为主。他的文章大都比较短小，初看时字句晦涩，拗口难懂，但仔细回味，又不无道理。我曾开玩笑说，看他的文章要集中精神，否则三五行后就会走神。一位朋友不信，坚持要挑战一把，结果不到五秒钟就不得不大声朗读起来。我说他朗读是为了强迫自己集中精神，他也不得不承认。这里并没有贬低老曹的意思，而是说看他的文章千万要静下心来，仔细品味，稍有浮躁和懒惰就前功尽弃了。如这句，"真正的放下是没有了放下的欲望和欲望放下的东西，也就是说，放下是一种无分别的体验。思想无法理解无分别，因为思想本身就是分别，欲望无法带来无分别,因为欲望本身正在制造着分别。"不看上三遍是绕不过来的。

老曹是个孝子,与父亲感情很深。几年前父亲去世时,他的精神受到很大打击。一天深夜,思情骤起,无法抑制,一口气写下《献给慈爱的父亲》一文,抒发对父亲的怀念,每次拜读都感觉肝肠寸断,欲罢不能:

"我那肉眼已看不见的你们哦,我时刻能感到你们的存在,你们曾是我生活里最亲的人,而今我知道你们已经成为爱。每一个静静的夜晚,我都听得见你们对我的述说;每一次闭上双眼,你们的音容笑貌就会在眼前重现。无数次泪水打湿了枕巾,无数次在心中把你们呼唤。在迷离的泪光中,我知道你们听见了我心的跳动;在难舍的眼神里,我领悟了你们对我的那些期盼。你们的爱已流遍我的全身,让我在喜悦中升腾,充满了谦卑,充满了虔敬与感念。虽然你们已不在我的身边,但我知道重逢的日子并不漫长遥远,当我们在天堂拥抱的那一刻,壮丽的宇宙会变得更加光芒璀璨。我那肉眼已看不见的你们哦,顺颊流淌的泪水就是我对你们永恒不变的爱与思念。"

百善孝为先。一个对父亲饱有如此深情的儿子,必定也是他人心目中的挚友。

2010/01/11
也谈机场索吻事件

正在美国人为圣诞之夜的裤裆炸弹而心有余悸时，一位叫蒋海松的中国留学生在努瓦克机场利用保安如厕之机，偷偷弯腰越过隔离带，溜进机场，又吓了美国人一跳。他的举动导致该机场关闭六个小时，机场内一千六百余名乘客不得不走了出来，重新接受安检，而蒋海松做的这一切为的只是和其女友来个浪漫的吻别。

美国人怒了。要以重罪起诉这位耍小聪明的中国留学生，同时罚款五百美金，据说很有可能拘禁他三十天。有个叫弗兰克的参议院说蒋的行为是有预谋的（起初他想进去，被保安拦住，后利用保安不在的间隙进去），尽管他并无恶意，但给数千乘客造成不便，这是极不公平的。

作为蒋之同胞，一方面为其行为感到汗颜，另一方面又并不诧异。其实，在我们身边有太多的蒋海松。在他们眼里，任何规矩都形同虚设，只要想办法，总是可以闯过去或绕过去的，只不过有时需要弯下腰、跳下脚。今天，电视台播出一条新闻，某地一位"英勇无敌"的电动自行车驾驶员擅闯红灯，越过停车线后被一辆疾驰的卡车撞到，险些与阎王爷接吻。这也算一次"索吻"吧？

俗话说："喜闻人过，不若喜闻己过。"在无规矩的环境中待久了，难免不会近墨者黑。前日，在香港一家超市买东西，由于人多，门口收银台前排起了长龙。我站在队尾，正琢磨着什么时候才能排到，这时，一位收款员走来，打开相邻一个收款机。当时，除了我和前面一个年轻人，很多正在排队的顾客都没注意到这个新情况，于是，我准备跟着年轻人冲上前去"抢占先机"。出人意料的是，前面那个年轻人则纹丝不动，没有一点"抢占先机"的意思，反而轻声提醒他前面的顾客，有新的收款台开了，并且耐心地等到所有人都按顺序转移到新的收款台后，才最后一个走了过去。我站在他身后，目睹该事件全过程，不仅"被迫"遵循了规矩，还"被迫"接受了教育。从那一刻我才知道，原来自身也有很多毛病，而且早就潜移默化烙印在心底，日久天长都意识不到它们的存在。

据说，中国也在加大力度提升海外公民的形象。一场题为"树立海外中国公民文明形象宣传月"的活动正在国内各大城市以及海外华侨华人聚集的国家和地区展开，多个海外华人移民团体发起了"反违法，树新风，提高华人整体形象"的宣传。但愿蒋海松的一吻搞瘫的只是一个美国机场，而非整个国人的形象。